DANSER
SUR DES DÉBRIS

DU MÊME AUTEUR

La Fabrique des salauds, Belfond, 2019 ; 10/18, 2020
Baiser ou faire des films, Belfond, 2021 ; 10/18, 2022, paru sous le titre *Femmes d'été, femmes d'hiver*

CHRIS KRAUS

DANSER SUR DES DÉBRIS

Traduit de l'allemand
par Rose Labourie

belfond

Titre original :
SCHERBENTANZ
publié par Diogenes Verlag AG Zürich

Retrouvez-nous sur www.belfond.fr
ou www.facebook.com/belfond

Éditions Belfond,
92, avenue de France, 75013 Paris.
Pour le Canada,
Interforum Canada, Inc.,
1055, bd René-Lévesque-Est,
Bureau 1100,
Montréal, Québec, H2L 4S5.

ISBN : 978-2-7144-9729-1
Dépôt légal : avril 2023

Belfond | un département **place des éditeurs**

place
des
éditeurs

« Quand tu es au sol,
tu es en route vers le sommet. »

William S. Burroughs

1

ILS M'AVAIENT appelé.

Et comment.

Cinq heures plus tard, je suis arrivé à Mannheim.

En pleine nuit.

Mon frère est venu me chercher à la gare. Quelqu'un qui ne le connaîtrait pas l'aurait trouvé particulièrement détendu.

Nous nous sommes salués sans trop rien dire.

Je n'avais que la valise en alu avec moi. Médicaments. Seringues. Tout le nécessaire. Ansgar l'a portée à ma place jusqu'à la Jaguar dont le chauffeur, un petit type trempé de sueur, a ouvert chaque portière l'une après l'autre. Il me fixait comme s'il n'avait jamais vu un homme en jupe de sa vie.

À l'intérieur, il faisait trop frais pour moi. Nous avons coupé la clim, nous sommes assis sur la banquette arrière avec la chaleur de la nuit, et nous sommes pelotonnés comme sur des entrailles. Les lumières de la ville défilaient derrière les vitres teintées.

Ansgar s'est calé dans son coin pour martyriser des cacahuètes. J'avais allumé le plafonnier et j'étais penché sur le livre bleu de Sénèque que j'emporte partout avec moi. J'en étais au chapitre sur la tranquillité de l'âme et je méditais sur le passage consacré aux causes de la tristesse.

— Ça fait combien de temps qu'on n'a pas vu maman ? a demandé Ansgar.

— Quoi ?

— Vingt ans ? a-t-il poursuivi – et c'est seulement là qu'il m'a lancé un regard.

— Plus ou moins, ai-je acquiescé.

— Il fallait bien que ça arrive un jour ou l'autre.

Une cacahuète a éclaté entre ses mâchoires.

— Si tu... a-t-il commencé.

Puis il s'est interrompu pour se concentrer sur sa mastication.

— Quoi ? ai-je insisté.

— Rien, je suis content que tu sois là.

Il m'a tendu son sachet de cacahuètes, mais je n'avais pas d'appétit.

Selon Sénèque, les causes de la tristesse se trouvent en nous.

Nous avons pris la direction de Ludwigshafen et avons traversé le Rhin où ondoyaient les étoiles auxquelles nous n'inspirons qu'une abyssale indifférence et dont l'ondoiement sournois n'a rien à voir avec nous. Quelques bouées de navigation flottant sur l'eau se sont ajoutées au tableau, et je me suis souvenu qu'avant, je voulais être pirate.

— Écoute, Jesko, a dit Ansgar. Papa est un peu paumé. Quand il te parlera, essaye d'être gentil. Ne dis rien qui risque de l'énerver. Ne cherche pas d'histoires. Fais-le pour moi.

J'étais d'accord.

— Et ne recommence pas à bassiner tout le monde avec je ne sais quel sujet à la con ! C'était quoi, la dernière fois ?

— Les barrières de glace arctiques ?

— C'est ça. Surtout, ne parle pas de barrières de glace arctiques !

— Je vais faire en sorte de tourner autour du pot.

J'ai baissé la vitre pour enlever au Rhin sa couleur bronze. Aussitôt, il est devenu dur et argenté, et j'ai plissé les yeux à cause du vent.

Un porte-conteneurs glissait sous la lune. Quand nous sommes arrivés à sa hauteur, j'ai aperçu à la poupe du bateau la silhouette d'une grosse femme qui promenait son bébé sur le pont supérieur en s'agrippant de sa main libre à une sorte de corde. Soudain, elle s'est immobilisée, deux mètres au-dessus des embruns, a levé la tête et lancé un sourire à la limousine depuis laquelle j'observais la scène. La grosse femme a lâché la corde et pointé la Jaguar du doigt, et à son bras tendu qui se déplaçait comme l'aiguille des secondes, le bébé et moi avons tous les deux pris conscience de la vitesse à laquelle nous nous éloignions l'un de l'autre.

C'est seulement là que j'ai vu que la mère et l'enfant étaient adossés à un conteneur avec le nom de ma famille dessus.

Il était écrit SOLM CIMENT SA.

En caractères d'imprimerie blancs.

J'ai tout juste eu le temps de le déchiffrer. La nuit était claire, mais pas tant que ça, la route prenait déjà la tangente, et la femme, le bébé, le bateau et le fleuve ont disparu. Le temps d'un ou deux battements de cœur, SOLM CIMENT SA a résonné à travers les trente-trois années de ma vie passée qui n'avaient pas grand-chose à voir avec Solm ni avec le ciment.

J'ai remonté la vitre et léché le vent sur mes gencives qui, à cette heure tardive, n'avaient plus le goût du sang.

Puis j'ai éteint le plafonnier.

La mort, c'est ne pas être. Ce que ça veut dire, je le sais depuis longtemps. Après moi, tout sera exactement comme avant moi. Je te le demande, Lucilius : celui qui prétend que la lampe est plus mal en point une fois éteinte qu'elle ne l'était avant d'être allumée, ne le prendrais-tu pas pour un cinglé fini ? Nous aussi, on nous allume et on nous éteint. Entre les deux, nous éprouvons des choses.

Mais avant et après règne une profonde et insouciante quiétude.

2

NOUS NOUS sommes garés.

Le chauffeur a foncé ouvrir la portière d'Ansgar. Je suis sorti par mes propres moyens sans me briser les os. J'ai pris ma valise et j'ai regardé autour.

Pour moi, chez soi, c'est une surface plus ou moins infinie, un désert machiavélique qu'on sillonne d'un pas lourd sans jamais arriver à destination. Chez soi, c'est ce qui risque de crever quel que soit l'endroit où on s'attarde. C'est à la douleur qu'on sait qu'on est chez soi. Pas au nom sur la sonnette.

Nous étions au pied de la forteresse qui s'incline jusqu'à la rive du Kolgensee. Le lac était encore embué de la chaleur de la journée. Des guirlandes lumineuses délimitaient le ponton adjacent, et en toile de fond, des barbecues perforaient l'horizon de petits trous vacillants.

La forteresse a des airs de palace des années 1970. Je ne le conteste pas. Mais les mille mètres cubes de béton armé ont établi des normes drastiques, avec une alarme, des vitres blindées et des grilles en fonte au rez-de-chaussée (écureuils métalliques compris, symbole international de la vigilance). J'ai constaté qu'une porte en bois chinoise était désormais censée enlever sa sévérité au hall d'entrée. Elle baignait dans une lumière jaune et était grande ouverte. Des invités se déversaient dans notre jardin, en direction d'un quatuor à cordes de premier choix. C'étaient les invités habituels de mon père, des chefs d'entreprise, des dandys qui se la pètent. Les femmes portaient du Jil Sander à la con et les hommes du prince-de-galles de Milan ou des fringues de cette ancienne usine d'uniformes SS que dans ces milieux on considère comme élégantes.

Là encore, tout le monde a fixé ma jupe.

J'admirais les moustiques imperturbables qui faisaient une orgie de sang patronal comme s'ils étaient en train de pomper des hôtes lambda alors qu'aucune des personnes présentes n'était venue sans Mercedes.

Avant que je puisse afficher une tête inappropriée, on nous a entraînés vers l'entrée de service, et nous avons marché un long moment à travers nos corridors et couloirs mal éclairés. Les photos de mes ancêtres baltes étaient accrochées au mur. À côté se trouvaient de vieilles gravures de Riga, de la Courlande, de Jelgava. Au milieu, un cliché en noir et blanc avec l'inscription : « MG-Kompanie du régiment balte devant les ruines du château de Wesenberg. » Ici, on ne voyait plus d'invités, seulement des policiers qui essayaient d'avoir l'air d'invités.

Un agent de police en pantalon C & A avec un grain de beauté sur le menton m'a fouillé discrètement mais consciencieusement. Il a voulu savoir qui était Sénèque.

J'ai répondu que c'était un contrôleur fiscal et avocat à la santé fragile.

Le type m'a rendu le livre bleu en haussant les oreilles. Ça rendait super bien.

J'ai eu envie de lui demander comment il faisait.

Mais finalement, je me suis abstenu.

J'ai remis Sénèque dans ma jupe, au fond de la poche arrière, avec tous les autres antidouleurs.

Nous sommes entrés dans le garage.

Un garage intégré à la forteresse, le parc de véhicules directement relié aux appartements. Un bunker de l'Atlantique. Une flotte de sous-marins allemands. Le meilleur de CIMENT SA. Voilà en gros ce qui vient à l'esprit. Le plafond du garage résisterait à une explosion de 8 000 tonnes de trinitrotoluène. L'équivalent d'une demi-bombe Hiroshima. Le portail du garage, sept mètres de large et en acier, se dit-on.

Sous mes yeux étincelait un véhicule tout-terrain sombre. Le reste de la flotte (la limousine et une autre voiture plus petite) n'était plus là.

Les gardes du corps se sont tournés vers nous. Ils formaient la toile de fond masculine de ce décor, tapant de la pointe du pied sur le sol en ciment. Un blond adipeux écrasait des mouches. Le béton protégeait de la chaleur. Avec une bonne dose d'imagination, on entendait quelques notes de Mozart et des bribes de la fête venues de dehors.

Dans un coin appelé le coin jeux, faiblement éclairé par deux néons, se trouvait une table de ping-pong.

Ma mère était étendue dessus.

Je l'ai tout de suite reconnue, même avec ses mains ligotées. Du sang coulait de son nez jusque sur la ligne latérale de la table. Je n'arrivais pas à voir si ses yeux étaient fermés. Trop d'ombres, notamment celle d'un ambulancier qui lui tapotait le dos.

Mon père était assis sur le petit banc à côté de la table. Il parlait à mi-voix avec un homme politique que j'avais déjà vu à la télé.

À notre arrivée, il s'est levé. Mais il l'a fait exactement comme s'il était au bureau, quand il se lève en continuant à fouiller dans je ne sais quels papiers alors qu'on est déjà dans la pièce. Il m'a enlacé d'un bras. L'autre était bandé et pendait malencontreusement.

— Tu as bien fait de venir, Jesko. Tu crois que quelqu'un a remarqué quelque chose, là-haut ?

— De quoi ? ai-je demandé d'une voix rauque.

Il a désigné ma mère de son bras bandé.

— Elle a essayé de m'égorger ! Et elle s'est fait passer pour une comtesse !

Impossible de dire ce qu'il trouvait le plus scandaleux des deux. Sa voix était étranglée. Il avait le hoquet, mais il le réprimait. Je n'entendais qu'un petit bruit d'inspiration. En présence d'inconnus, il s'arrange toujours pour que ça ne se remarque pas. Ce sont les tremblements d'une géographie invisible, si lointains qu'on a l'impression qu'ils se produisent sous ses pieds. Du plus loin qu'il m'en souvienne, il a été tourmenté par le hoquet. Jusque dans son sommeil. Voire en plein éclat de rire.

Autrefois, avant les conseils d'administration importants pendant lesquels il ne pouvait pas se permettre d'avoir le hoquet, déjà en costume-cravate, appuyé contre la porte d'entrée, il se badigeonnait le pharynx à la hâte avec un tampon imbibé d'atropine. L'atropine, le poison de la belladone, est certes efficace contre les vicissitudes du diaphragme. Mais elle paralyse aussi une partie du système nerveux dont on peut difficilement se passer en conseil d'administration. Mon père se rendait souvent aux toilettes (plus souvent que les autres), et après s'être lavé les mains, il prenait une pleine gorgée d'eau qu'il pressait lentement entre la langue et le palais, de sorte qu'elle mettait plusieurs minutes, voire beaucoup plus, à se perdre au fond de son gosier. L'expression de concentration affichée par son visage était soulignée par un léger moulinet des mâchoires qu'il faisait durer jusqu'à ce qu'y transparaissent ses compétences de manager. Pour beaucoup de gens, et pas seulement pour moi, mon père, même sans une quantité non négligeable d'eau dans la bouche, restait quelqu'un d'inquiétant.

Maman gémissait. Le garde du corps blond a craché par terre, ce qui aurait pu lui coûter son poste.

J'ai senti la main de mon père chercher ma nuque comme pour la fortifier. Chaque fois qu'il fait ce genre de choses, je suis pris d'une envie irrépressible de le vouvoyer. Il était vêtu d'un simple maillot de corps avec de petites éclaboussures de sang, ce qui ne sapait pas pour autant son autorité.

Il a laissé sa main retomber, s'est tourné vers mon frère et a cligné des yeux en direction d'un couteau de boucher qui trônait comme dans un musée sur un petit coussin en velours rouge à côté des planches de surf.

— Ansgar, je voudrais que tu vérifies le dispositif de sécurité. Nous avons des invités de marque.

L'homme politique a eu un sourire flatté.

— Comment est-ce que ta mère a fait pour rentrer avec ce truc, et sans invitation ?

— Ils n'y sont pour rien, a répondu Ansgar. Je n'étais pas loin des escaliers où sont faits les contrôles. Et d'un coup, quelqu'un a dit : « Comtesse Lahnstein, elle n'est pas sur la liste », et j'ai pensé : Si c'est une comtesse, il faut qu'elle rentre. Quand je l'ai reconnue, c'était trop tard.

— Mais ça crève les yeux qu'elle n'est pas comtesse, a rétorqué mon père.

Nous avons fixé maman en silence.

— J'espère juste qu'il n'y a pas de journalistes présents ! a repris mon père. Un scandale, c'est la dernière chose que nous pouvons nous permettre. Walter, si un de tes flics ouvre sa gueule ou divulgue la moindre information, tu peux te brosser pour le Landtag !

L'homme politique a été tellement interloqué qu'il s'est contenté d'un rictus évasif avant d'articuler un timide « Je sais, Gebhard » dans sa barbe. Il n'y a pas beaucoup de monde qui a le droit d'appeler mon père Gebhard, surtout dans des moments comme celui-ci.

— Petit, qu'est-ce que c'est encore que cet accoutrement ? m'a soufflé papa.

Puis il a eu un hoquet, s'est gratté son gosier de tortue et m'a demandé où en était la chimio. Avait-il vraiment oublié ?

Je lui ai répondu quelque chose, je ne sais plus quoi.

Il a dégainé son portable d'un coup sec pour passer un appel. Au même moment, ma mère a râlé doucement, et sa tête a basculé sur le côté. Ansgar et moi avons aperçu sa bouche ouverte où manquaient des dents. Elle sentait la vieille transpiration et était vêtue d'un survêtement flambant neuf. Elle s'est retournée vers le bord de la table pour en descendre. Je ne voulais pas voir ça, j'avais envie de m'échapper par un des conduits d'aération pour contempler la nuit. Mes lèvres étaient comme cousues. Il paraît qu'à ma naissance, j'ai essayé de m'arracher les yeux. Il a fallu m'attacher les mains, ces petites malignes. Au loin, j'ai entendu quelqu'un, et j'ai été étonné que cette personne me tire la manche alors qu'elle semblait à une telle distance.

Nous sommes repartis, et l'ambulancier a délicatement ramené ma mère au milieu de la table qui s'est effondrée sous son poids dans un grincement, suivi du craquèlement de la peinture sur le bois.

Perdu comme j'étais, j'ai seulement pensé qu'on ne pourrait plus jouer au ping-pong dessus.

3

ANSGAR TIENT À son nom. Il tient à la manière dont on l'écrit, le prononce et l'épelle. Et il tient au A de la seconde syllabe, il y tient même énormément, parce qu'il a passé des années à le défendre contre le E malpropre et inconsistant que tout le monde met à la place. Il déteste le E. Personne n'a le droit de l'appeler Ansger.

Ansgar porte le nom d'un de nos ancêtres baltes, un aide de camp du tsar qui a découvert une île dans la mer de Behring en 1822. Des phoques barbus y élèvent leurs petits, et depuis, des milliers d'entre eux sont chaque année victimes de la chasse au phoque internationale. Avant, quand la télévision montrait une côte enneigée rose vif constellée de cadavres écorchés et que les activistes de Greenpeace, outrés et transis de froid, parlaient de l'« île Ansgar von Solm », mon frère était rempli d'une curieuse fierté.

Pour autant, je n'aurais jamais cru qu'il puisse avoir un jour les *Landsmannschaftlichen Mitteilungen* – une revue nationaliste – posées sur son bureau. Ou la célèbre « Cartographie courlando-livonienne » accrochée à son mur, avec la liste de tous les fiefs de la noblesse balte.

Quand Ansgar m'a conduit à sa chambre (il l'appelle « le bureau-d'ici », à la différence de son lieu de travail qui s'appelle « le bureau-de-là-bas »), toutes ces réminiscences de nos vénérables origines n'ont guère contribué à me remonter le moral.

Les murs de part et d'autre de la cartographie étaient égayés par plusieurs certificats d'excellence et diplômes de *business school* obtenus par Ansgar ces dernières années. Partout, il était écrit « *summa cum laude* », « mention très bien » ou « avec les félicitations du jury ».

C'est au mobilier qu'on montre qui on est. La chambre se trouve au premier étage de la forteresse, l'avantage étant qu'il n'y a pas de barreaux et que j'aurais pu sauter à tout moment par la fenêtre au cas où je n'y aurais plus tenu.

Je me suis enfoncé dans le canapé, j'ai ouvert ma valise – « Aide-toi toi-même » – et en ai sorti une petite boîte à pilules ronde. J'ai pris d'office une double dose de Depinoval, juste à temps, avant que les gémissements ne commencent. J'ai mis mon front trempé de sueur sur le compte de la météo.

La manière dont Ansgar a ouvert la fenêtre ne laissait pas d'ambiguïté quant au fait que c'était pour moi. Une brise rafraîchie par le lac est entrée dans la pièce. Puis nous avons bu de la vodka (« De la vodka balte, Jesko ! »). C'est-à-dire qu'Ansgar a bu et que j'ai regardé le fond de mon verre vide.

Je n'ai pas le droit de boire.

— Je ne peux pas te dire ce que ça va donner, a fini par déclarer Ansgar en tirant un petit fil de son pantalon de chef de service. Mais maman devrait t'intéresser, parce que tu as besoin d'un donneur, bon sang !

— Depuis quand ?

— Depuis quand quoi ?

— Depuis quand elle est ici ?

— Depuis deux jours.

Je l'ai dévisagé.

Avant, Ansgar avait des rêves lui aussi, de vrais rêves – par exemple, il rêvait d'Islande. Il voulait se laisser dériver jusque là-bas sur un radeau.

— Et c'est maintenant que tu me le dis ?

— Papa a tout préparé dans son coin. Seul. Sans rien me dire. Sinon, je t'aurais appelé bien plus tôt. Évidemment.

Bien conscient que je n'en croyais pas un mot, il m'a proposé une gorgée de son verre. J'ai fait un geste de refus, et il s'est raclé la gorge.

— Tu te souviens ? De tous les tests qu'on avait faits ? Les médecins avaient conclu qu'aucun membre de la famille ne pouvait te donner sa moelle osseuse. Et papa était tellement désespéré quand on t'a posé la question à l'hôpital. Tu sais bien, quand on t'a demandé s'il n'y avait vraiment personne d'autre. Un membre de la famille qu'on aurait oublié. Susceptible d'être compatible. Et tu as répondu non.

Je savais ce qu'Ansgar voulait dire en parlant du désespoir de papa. Mais j'aurais formulé ça autrement.

— Pour finir, il a fait appel à une agence de détectives. Ils ont cherché partout. Maman était introuvable. Dans les annuaires, je veux dire. Il n'y avait pas d'adresse. Mais on ne peut pas non plus dire qu'elle n'avait pas laissé de traces. Non, on ne peut vraiment pas dire ça.

Il s'est assis en face dans un majestueux fauteuil en velours et a fait glisser une chemise rouge vers moi.

J'ai regardé à l'intérieur, et j'ai fini par prendre une gorgée de son verre.

La chemise contenait quelques impressions et autres papiers. On y trouvait un inventaire de tous les objets que maman avait volés ces dernières années - de quoi ouvrir une filiale de Karstadt bien achalandée. Venaient ensuite des expertises psychiatriques, des avis de saisie, des relevés de l'aide sociale. Il y avait même un certificat médical attestant que sa tuberculose pulmonaire était bien guérie. Puis je suis tombé sur une liste d'hôpitaux psychiatriques divers et variés trop longue pour moi, et je n'ai plus eu envie de lire. Ansgar s'est à nouveau raclé la gorge. Il le fait souvent, je ne sais pas si je l'ai déjà mentionné.

— Vendredi dernier, j'ai remplacé papa parce qu'il devait aller à Londres, à ce congrès. Les gravières européennes. Un employé de l'agence de détectives a appelé, et la secrétaire me l'a passé. Elle a dû se dire que j'étais dans la confidence. Et après tout, c'est ce que papa est en train de faire - me mettre dans la confidence.

Il avait toujours son visage islandais d'autrefois, immuable.

— C'est comme ça que j'ai tout découvert. Le détective avait trouvé maman. À Hambourg. Dans un refuge pour SDF.

— Il t'en reste ? ai-je demandé en tendant mon verre.

Il s'est levé, a fermé la fenêtre, est allé chercher une nouvelle bouteille et m'a servi une bonne rasade.

— On l'a amenée ici. Papa sait bien ce que tu en penses. C'est pour ça que tout devait être réglé dans le moindre détail avant qu'il te prévienne.

Il s'est rassis.

— Elle doit subir une ponction. C'est le but. Voilà ce qu'il lui a demandé de faire. Ça précisément.

— Qu'est-ce qu'elle a dit ?

— Elle n'était pas en état de dire quoi que ce soit.

On a toqué doucement à la porte.

— On l'a logée là-bas, dans la maison de la tante. Avec des cadenas et tout.

On a à nouveau toqué.

— Elle a défoncé la vitre de la porte-fenêtre, chopé le couteau et s'est jetée sur papa. Oui, qu'est-ce qu'il y a ? a-t-il crié avec impatience comme on toquait pour la troisième fois.

D'abord, j'ai pensé que c'était Stiefi, la femme de mon père. On l'appelle Stiefi, Ansgar et moi, mais ce n'est pas son nom. Et elle ne toque pas non plus comme ça. Et elle débarque dans des moments bien plus inappropriés.

La porte s'est ouverte doucement vers l'intérieur et quelqu'un avec un nom d'au moins quatre syllabes est entré, un nom comme Eleonore ou Josephine-Mariette qui devait se prononcer à la française – en tout cas, elle avait une tête à ça. Elle portait des lunettes Fielmann, était pâle et délicate, et son front était haut comme si la neige n'allait pas tarder à tomber dessus. Quand elle m'a vu, sa main a tambouriné sur la poignée avec indécision.

— Salut, Cigogne, a dit Ansgar. Vas-y, entre.

Mon frère m'a présenté sa petite amie. Elle s'appelait Simone Machinchose, mais il l'appelait Cigogne, et ça m'était égal. Elle s'est avancée vers moi d'un pas hésitant et m'a tendu la main. Elle avait une voix basse, d'une gravité hivernale, avec laquelle elle a demandé à Ansgar comment il allait.

— Mieux, a-t-il dit.

Elle a dégagé je ne sais quoi derrière l'oreille d'Ansgar, et il s'est mis à aller encore mieux.

— Pauvre chou. Ton père te cherche. Les premiers invités s'en vont.

— Ça a déjà fait le tour ?

Elle a secoué sa jolie tête.

— Pas du tout. On parle surtout de sa jupe.

Ça fait drôle quand quelqu'un parle de toi à la troisième personne en te regardant droit dans les yeux.

— Cette jupe est une jupe d'homme, me suis-je contenté de répondre. Je ne crois plus aux pantalons. Les pantalons, c'est le cauchemar. Et je n'en ai plus aucun.

— Oui, il paraît, a-t-elle susurré d'un air endormi, tu es couturier ou un truc du genre.

— Je ne suis pas couturier.

— Jesko est styliste de mode, est intervenu Ansgar dans l'espoir de sauver la situation.

— Pour quelles marques tu travailles ? a-t-elle voulu savoir.

— Je fais mes propres fringues.

— D'accord, mais tu es employé où ?

— Je n'aime pas travailler pour les gens qui veulent m'employer.

Elle est restée interdite, sans savoir si c'était une blague – je ne savais pas non plus, c'était sorti comme ça, sans doute parce qu'elle attendait une réponse dans l'esprit de la fête.

— Mais il écrit des articles pour un magazine de mode, a retenté mon frère. À moins que tu aies arrêté de bosser là-bas ?

J'ai secoué la tête.

— Avec lui, tu peux passer des heures à parler de Gucci, de Lagerfeld et de toute la clique. Si ça se trouve, il te coudra même ta robe de mariée.

Puis il s'est tourné vers moi :

— Je vais te chercher d'autres fringues.

Il a quitté la pièce.

Cigogne s'est assise sur le canapé à côté de moi alors qu'elle aurait très bien pu prendre le fauteuil en velours laissé par Ansgar. L'occasion de sentir la chaleur de son corps emmagasinée par les coussins, comme les amoureux aiment le faire.

À la place, c'est moi qui sentais la sienne. J'avais même droit à son odeur, mais je ne m'en rendais pas compte, parce que le cancer m'a détruit l'odorat.

Nous sommes restés un moment silencieux sans nous regarder.

— Le coup de ta mère, je trouve ça terrible, a-t-elle lancé de but en blanc. Mais je ne fais pas partie des gens qui pleurent quand quelque chose est terrible.

— Tu fais partie de ceux qui se tordent de rire ?

— Non. Non plus, a-t-elle répondu. Je suis infirmière.

— Je croyais que tu travaillais à la télé ?

— Ça, c'était celle d'avant. Avec les dents de lapin. Il ne t'a pas parlé de moi ?

— Non.

— Ah là là, tu connais Ansgar, a-t-elle dit en riant.

Elle a ri son nom comme s'il avait cinq ou six A, et a mélancoliquement prolongé la deuxième syllabe d'un petit soupir tendre. Il ne faisait aucun doute que le A choisi par ses soins était à la fois aussi proche du A idéal et aussi loin du E que possible.

— J'ai été en couple avec une infirmière, ai-je dit, elle faisait semblant d'être toute douce. Mais chaque fois qu'on se disputait, elle donnait des coups dans tous les sens. Elle visait ma tête parce qu'elle savait que j'avais eu une fracture de la base du crâne.

— Oh, a-t-elle fait.

— Je déteste les infirmières.

— Je comprends.

— Il est hors de question que je te couse ta robe de mariée.

Quand Ansgar est revenu avec deux inqualifiables pantalons en velours côtelé à la main, Cigogne s'était éloignée de moi de quelques centimètres.

Ansgar nous a demandé si on avait brisé la glace.

J'ai descendu la vodka d'un trait.

4

LE HOQUET de mon père est, je l'ai déjà dit, parfaitement silencieux la plupart du temps. Bien qu'il soit impossible de venir à bout de ces borborygmes, la volonté de papa parvient à leur imposer le silence et à les mettre largement hors d'état de nuire – comme tant d'autres choses.

Le lendemain matin, c'est moi qui en ai fait les frais.

Nous prenions le petit déjeuner sur la terrasse. Le lac s'étendait avec abnégation à nos pieds. La pelouse luisait au soleil comme si on l'avait aspergée de champagne pendant la nuit, ce qui était plus ou moins le cas.

J'ai perdu une poignée de cheveux à cause de l'élastique qui me raclait le crâne. J'étais coiffé d'une visière bombée vert transparent qui me protégeait les yeux, la seule chose qu'on m'avait laissée de mon habit. Je portais un pot-pourri d'Ansgar, affublé de son pantalon en velours côtelé, couleur marron, que j'avais enfilé en signe de bonne volonté.

Papa et Ansgar étaient attendus à l'usine et buvaient leur café à la va-vite.

Cigogne n'était pas là.

Mes dodus demi-frère et sœur se disputaient le pot de Nutella. Ils s'appellent Comenius et Sandra, et quand ils étaient petits, Ansgar les avait rebaptisés « Khomeyni » et « Saddam ». À l'époque, la guerre Iran-Irak faisait rage. Leurs criailleries incessantes seraient supportables si elles n'envahissaient pas tout l'espace sonore autour d'eux d'une ritournelle geignarde à l'accent de Mannheim. Stiefi a beau s'échiner à picorer toute trace de dialecte chez ses enfants comme une perdrix affamée, elle n'a qu'un succès modéré, vu qu'elle parle aussi comme ça.

Je le dis à contrecœur, car il s'agit d'un abominable cliché, mais avant, Stiefi était la secrétaire de mon père, et c'est la vérité.

Elle était assise en bout de table, soucieuse à l'idée qu'on puisse l'accuser de manquer d'entrain. Elle gardait la bouche fermée la plupart du temps, histoire de cacher ses dents jaunies. Ce n'était sans doute pas facile pour elle de savoir que ma mère se trouvait quelque part dans cette maison, probablement encore inconsciente, ligotée et claquemurée. Ce n'était facile pour personne.

— Que disent les médecins, les médecins ? m'a-t-elle demandé.

— Je ne sais pas s'il y a des médecins avec maman.

— Non, tes médecins.

— Oh, ai-je d'abord répondu, avant d'ajouter : À l'été, je serai encore en forme. Sans doute même tout l'automne.

— C'est tant mieux, tant mieux.

Elle a cette manie de répéter les derniers mots de ses phrases. Elle a regardé mon père d'un air désemparé.

Gebhard m'a toisé sans satisfaction et a voulu connaître les détails. Je lui ai jeté une telle quantité de leucocytes, de ganglions lymphatiques, de cytostatiques, d'antimétabolites et d'infiltrats leucémiques à la tête qu'il a fini par donner son œuf à Saddam d'un air morose.

Un épouvantable et interminable cri est sorti de la cave.

Une petite chose brune a farfouillé dans un buisson avant de se carapater craintivement.

— Écroye ! a dit Khomeyni en la montrant du doigt.

— On dit « écureuil » ! l'a corrigé Stiefi, agacée.

La bestiole a escaladé à toute vitesse le tronc d'un pin pour aller se percher sur une branche et nous regarder attendre le deuxième cri. Mais il n'est pas venu, et Saddam a écalé son œuf pendant que papa essuyait le café des commissures de ses lèvres, pliait sa serviette et la glissait soigneusement dans son rond en argent. Tiens donc, c'était l'heure du discours.

— Mon cher Jesko, a-t-il commencé d'un ton onctueux, toute cette histoire nous pèse énormément. C'est une épreuve pour les nerfs des enfants. Et pour ceux de tes parents aussi.

Stiefi a souri, émue d'être considérée comme un de mes parents.

— Nous devrions porter plainte contre ta mère. Coups et blessures, violation de domicile, tentative de meurtre. Ce serait la seule chose à faire. D'autant que tu te souviens peut-être...

Dans un soupir, il s'est souvenu de quelque chose, sans doute de son bras endolori qu'il portait en écharpe.

— Enfin, a-t-il poursuivi, les os de ta mère sont une chance pour toi. Peut-être la dernière. Tu devrais voir les choses ainsi.

Au-dessus de mon père, l'écureuil a commencé à s'ennuyer et a sauté sur l'arbre d'à côté, un hêtre radieux.

— Nous ne pouvons pas la retenir ici contre son gré. Nous ne le voulons pas non plus. La décision lui revient. C'est bien le minimum, le strict minimum qu'elle puisse faire pour son fils. Je te demande de tout faire pour la convaincre. Je te le demande vraiment. Je t'en prie, Jesko, car nous ne voulons pas te perdre.

J'ai cherché du regard le prompteur auquel je devais cet accès de mélancolie déplacée. Même Stiefi se décomposait avec des airs de mère supérieure, jusqu'à ce qu'une pellicule d'humidité soit visible dans ses yeux. Dire qu'elle a à peine huit ans de plus que moi et qu'à dix-sept ans, je trouvais même que son cul n'était pas trop mal.

— J'ai parlé avec le professeur Freundlieb. Il a besoin de cinq jours pour les examens indispensables. Ou de six. Et dans le cas où le résultat serait positif, ce que nous espérons tous, peut-être de quatorze ou quinze jours. En comptant toutes les interventions. Ta mère peut rester dans la maison de la tante. Si elle ne recommence pas à tout démolir.

— Ça va le faire, Jesko, s'est empressé de lancer Ansgar sans me laisser le temps de répondre – mais je n'avais rien à dire.

Papa attendait quelque chose. Peut-être des applaudissements. Je me suis contenté de le regarder. C'était bien le strict minimum que je pouvais faire pour lui.

Puis je me suis penché en avant, j'ai regardé derrière Khomeyni qui, à titre préventif, tartinait de bon cœur son pain d'une substance non identifiée par laquelle deux guêpes étaient elles aussi intéressées, et confusément, avec un léger nystagmus, derrière un bosquet de bouleaux, j'ai aperçu la silhouette menaçante de la maison de la tante.

Je réfléchissais.

Je réfléchissais vraiment. Je me demandais si l'épave qu'était ma mère accepterait qu'on lui plante une canule dans la crête iliaque pour l'épave que j'étais. En avais-je seulement envie ? L'été ne dure pas. Vient ensuite un peu d'automne, et en un clin d'œil, les cimetières sont jonchés de feuilles mortes.

Je dois l'avouer : je quitte cette vie à contrecœur. Comment faire autrement ? Même Sénèque n'a pas réussi à cacher sa contrariété quand Néron l'a forcé à s'ouvrir les veines. Le beau livre bleu n'est pas fait pour la vraie vie.

J'ai repensé à Randa, un cancer des poumons au stade 1. Son petit ami l'avait quittée au motif que « tout ça était un peu trop pour lui ». Randa était ma voisine de chambre en soins de suite. Un jour, je lui ai soufflé dans l'oreille l'air de rien. Nous partagions le même frigo, et elle veillait scrupuleusement à ne pas déranger les autres.

Par égard pour le personnel, Randa ne s'était pas suicidée dans sa chambre. Un matin sombre du mois de décembre, elle avait quitté l'établissement, emprunté un passage à niveau, descendu le remblai (ses genoux craquaient toujours un peu), écarté ses cheveux de son visage et posé la tête sur les rails.

Puis elle avait attendu le train régional.

Stiefi m'a tendu un puzzle de viande sur un plat Villeroy & Boch blanc WC, une composition à base de saucisse de Göttingen, de jambon français, de saumon et de pâté à l'odeur forte.

C'est peut-être ce qui a fait pencher la balance, ce tableau rose vif de restes charnels étalés les uns sur les autres, car Randa avait elle aussi des affinités avec la charcuterie. Quatre jours après son identification, j'avais retrouvé les traces de ses dents sur un salami entamé que j'avais sorti de notre frigo et ingurgité, perdu dans mes pensées.

— D'accord, ai-je dit, mais je l'emmène dans une clinique.

— Pas de clinique, a répondu laconiquement papa – et ça sonnait comme « pas de panique ».

— Ou quelque chose dans le genre.

— Pourquoi tu ne passerais pas ces quelques jours avec elle dans la maison de la tante ? Sinon, ça va jaser.

— Il n'est pas question que j'habite avec elle.

— Va quand même y faire un tour.

— Non.

— On peut quand même y faire un tour.

— Non.

— Jeter un simple coup d'œil ? C'est trop demander ? Après tout ça ?

Il a levé doucement son bras tailladé au niveau de mes yeux pour recouvrer la dette que j'avais envers lui.

— Non, Jesko, a-t-il repris à voix basse. Ce n'est pas trop demander. Il s'agit de ta mère – raison pour laquelle tu dois t'occuper d'elle. Ce n'est possible que dans la maison de la tante.

Les bêtes sauvages fuient les dangers qui se trouvent dans leur champ de vision. Une fois hors de portée, elles se sentent en sécurité. Alors que nous, nous nous torturons avec ce qui reste à venir et ce qui n'est plus.

— Il va peut-être falloir passer un petit coup de serpillière, a lancé Stiefi, brisant mon silence. Quand vous irez, n'oubliez pas d'arroser les bégonias. Il y a des bégonias sur le rebord des fenêtres. Sur le rebord des fenêtres les bégonias !

5

LA MAISON de la tante est une remise à bateaux centenaire, entièrement faite de rondins de bois. Comme la rive du lac s'est envasée, seule la façade sud de la cabane jouxte encore l'eau.

Il y a des années, une tante de mon père, balte et cultivée, y a logé jusqu'à son décès, et pour lui faire plaisir, plusieurs fenêtres y ont été ajoutées à la scie. Une véranda tourmentée par le lierre et couverte de mousse entoure la petite bâtisse qui aurait toute sa place en Finlande.

En approchant, j'ai vu que les volets étaient fermés. Quelqu'un les avait barricadés de l'extérieur à l'aide de planches de bois. Deux cadenas de sécurité étaient accrochés à la porte. Un fauteuil à bascule vermoulu grinçait derrière la balustrade, et le sifflement du vent l'accompagnait. C'était une jolie brise, avec l'eau toute proche, mais qui n'était pas forte ni assez fraîche pour chasser l'odeur.

C'était la première odeur que je sentais depuis longtemps, et elle venait de la cabane.

Ansgar a ouvert les cadenas avec fébrilité. Ça a pris un petit moment, car il avait des ustensiles de ménage et un arrosoir pour les bégonias à la main.

Nous sommes entrés, avons allumé la lumière. En regardant autour de nous, nous nous sommes tus. Nous nous tenions dans une petite pièce avec un coin cuisine. Ça n'était pas beau à voir. C'était même plutôt moche à voir. Honnêtement, je ne savais pas s'il était encore possible d'arranger les choses.

Nous avons enjambé tant bien que mal ce chaos de détritus, de restes de nourriture et de vaisselle brisée pour remonter les stores et ouvrir les fenêtres.

L'odeur resterait quelques jours, je ne me faisais pas d'illusions là-dessus.

La douce lumière jaune du mois d'août s'est déversée hargneusement par les fenêtres, et j'ai constaté que la question des bégonias était réglée pour de bon.

Pour éviter de m'énerver, je suis passé dans l'autre pièce. C'est là que se trouvait le piano biberonné au Chopin à l'époque bénie de la tante balte. Il n'avait plus que la peau sur les os.

J'ai appuyé sur deux ou trois touches. Quelques notes rachitiques se sont extirpées de leurs lits. J'ai appuyé plus fort et je me suis rendu compte que des cafards sortaient de sous une des touches, comme des petits parachutistes de la lucarne d'un avion.

Ensuite, je suis allé ouvrir la grande porte-fenêtre. Une des vitres était brisée. Au milieu des débris, j'ai aperçu une souris. Posée à côté d'un tas de courges moisies, elle était énorme, presque un rat. J'ai voulu la chasser, et elle s'est contentée de me jeter un regard comme pour dire : « Mais qu'est-ce que tu fais là ? »

Puis elle s'est glissée tranquillement sous le radiateur.

— Et c'est là que je suis censé rester avec maman ? ai-je demandé à Ansgar l'air de ne pas y toucher.

— Et avec Cigogne, a-t-il ajouté.

— Très drôle.

— Elle est infirmière, elle pourra t'aider.

Je lui ai dit qu'il était hors de question que je casse du sucre sur le dos de ma mère et des souris avec son infirmière sympathique, parfaitement légitime, aux yeux de vache, faiseuse de lits, torcheuse de culs, mélangeuse de médicaments, me réclamant une robe de mariée, politiquement correcte, baiseuse de médecins, future épouse. Comme je lui ai dit ça avec l'amabilité qui est la mienne, il n'a pas pu faire sa tête d'animal blessé.

Malgré tout, il avait de la poigne.

— Et maintenant, on s'y met ! C'est parti !

Il a fait volte-face comme si tout était dit. À enjambées parfaitement mesurées, presque parentales, il est retourné dans la première pièce, et j'ai entendu de l'eau couler dans un seau. Je me tenais sur quelque chose de cotonneux – j'ai baissé les yeux et aperçu un matelas chiffonné et élimé avec un tas de textiles de mauvaise qualité *made in Asia* dessus. Je me suis penché, j'ai attrapé quelque chose du bout des doigts et je me suis dirigé vers Ansgar.

— Tu sais ce que c'est ? ai-je demandé en le lui montrant.

— Une couette, a-t-il répondu avec indifférence sans lever les yeux.

Il me tournait le dos. Du liquide vaisselle a giclé dans le seau.

— Non ! ai-je clamé. Ce sont des acariens !

— Ah bon.

— Tu sais combien il y a d'acariens en moyenne dans une couette ?

— On t'en donnera une autre.

— Trois millions !

— Active-toi.

— Trois millions d'acariens ! Et ils se multiplient chaque seconde !

Il a coupé l'eau et regardé la mousse faire des bulles dans le seau.

— Tu entends ce qui se passe ici ? ai-je crié. Allez, écoute ! On les entend !

Je lui ai tendu la couette.

— Bien sûr, a-t-il lancé en riant. Les couettes sont faites d'acariens.

— Exactement ! Et c'est pour ça qu'elles sont aussi moelleuses !

Je lui ai envoyé le plumeau à la tête. Aveuglé, Ansgar a fait deux pas sur le côté, perdu l'équilibre, renversé le seau plein à ras bord. L'eau savonneuse s'est répandue au sol et Ansgar s'est étalé par terre, a un peu écumé et s'est aussitôt relevé, orné d'un opercule de yaourt.

— Pourquoi il faut toujours qu'on te force à être heureux ? a-t-il aboyé avec son pantalon trempé. Tu bazardes ta vie comme un bout de papier-toilette ! Et tu en es fier, en plus. Ça te fait plaisir ! Tu ne veux absolument pas guérir !

— Si j'étais en bonne santé, ai-je grincé, je peux te dire que je le serais de bon cœur ! Je peux te dire que je serais en meilleure santé que toutes les personnes en bonne santé que la terre a jamais portées ! Je roulerais des pelles à des femmes en bonne santé, je mangerais des choses bonnes pour la santé, et j'aurais un esprit sain dans un corps sain ! Mais je suis malade ! Et tu m'envoies dans cet endroit qui donne envie de se pendre ?

— Jesko...

— Il n'y a pas plus déprimant !

— Jesko, je suis en train de t'aider !

— Tes acariens ne m'aident pas ! Tes pantalons ne m'aident pas ! Et cette décharge ne m'aide pas non plus !

— Comment tu peux... ? Qu'est-ce que tu racontes ? Tu es d'un égoïsme incroyable ! Tu ne t'en rends pas compte ? Tu ne te rends pas compte que les autres ne veulent que ton bien ? Et toi, tu ne fais rien pour !

— Pourquoi on n'emmène pas maman ailleurs ? Pourquoi je suis censé faire ça ?

— Ailleurs ? Et ailleurs où ? Tu t'en fiches vraiment de ce que ça signifie pour papa qu'elle débarque ici ? Pour sa position ? Non, Jesko ! Ailleurs, c'est ici !

Il a pointé l'index vers le bas. Ne manquait plus qu'il tape du pied.

— Vous voulez m'enfermer, c'est ça ? Dans cette déchetterie ! On verrouille les portes à double tour et on n'en parle plus ! Bye bye les fous ! C'est ce que tu appelles faire quelque chose pour moi ?

— Tu as de ces exigences ! Estime-toi heureux d'avoir notre aide ! Toi, qu'est-ce que tu fais au juste ? Ça t'est déjà arrivé de faire quelque chose pour quelqu'un ? Qu'est-ce que tu as fait pour ta fille, par exemple ?

— Tu veux la guerre ?

Ansgar s'est rendu compte qu'il était allé trop loin. Il s'est tu, a hésité.

— Je suis désolé, a-t-il soufflé d'une voix si basse qu'on entendait l'eau savonneuse grouiller au sol.

— Laisse Charlotte en dehors de tout ça !

— Oui, bien sûr.

— Bon sang.

Je me suis affalé sur une montagne de déchets. Des boîtes de conserve vides ont dégringolé par terre.

— Vraiment désolé, Jesko.

Plus tard, nous nous sommes retrouvés sur la véranda, moi assis dans le fauteuil à bascule, Ansgar perché sur la balustrade. Nous n'avions pas touché au monceau de détritus.

Ansgar a proposé que je prenne le temps de réfléchir tranquillement.

Il voulait se réconcilier.

Il a parlé en long, en large et en travers des soucis qui ne manquaient pas en ce moment, problèmes fiscaux, fabrication du ciment en Bulgarie, Russie et autres pays concurrents. Une libellule chatoyante l'écoutait avec admiration.

Le meilleur ciment, le ciment le plus pur, selon Ansgar, restait le ciment allemand de papa. Oui, le ciment de papa était d'une telle qualité et d'une telle pureté qu'on en aurait mangé – ne me demandez pas où il voulait en venir. Parfois, il se laisse emporter par sa passion pour le ciment qu'il partage avec papa.

Il m'a à nouveau supplié de rester dans la maison de la tante, c'était le plus sage. Il voulait isoler maman comme un câble à haute tension. Il avait peur que son existence fuite, peur que je la déprivatise (c'est les mots qu'il a utilisés). Et dans le cas où ça se produirait, il avait peur pour la réputation de papa, pour l'argent de papa, pour le pouvoir de papa et pour les bilans de papa.

Au fond, Ansgar avait peur de tout. Je crois qu'on apprend ça dans les séminaires de management.

Car avant, mon frère ne connaissait pas la peur, du moins pas sa forme citadine. C'était mon héros à moi, mon Zampano, mon Lancelot chevauchant au bord de l'abîme.

Je suis parti acheter de la mort-aux-rats à Mannheim.

C'est seulement en fin d'après-midi, après avoir tourné et retourné sur la planche de clous purgatoriale que la mémoire sait vous réserver, que je suis allé voir ma mère.

6

MON PÈRE Gebhard Hyronimus von Solm avait déjà quitté la maison depuis longtemps, mais le jour de mes dix ans, il avait décidé de venir l'après-midi me souhaiter un bon anniversaire.

Quand il était reparti quelques minutes plus tard, Ansgar avait dû appeler la police pour que maman se rende compte qu'elle était en train de nous rouer de coups.

Vers seize heures, alors que mon frère et moi étions postés à la fenêtre, elle était allée à la rencontre de Gebhard, pieds nus et sous des trombes de pluie, vêtue d'un pantalon cigarette et d'un pull rouge en maille. Comme elle n'avait pas de manteau, elle était complètement trempée.

Elle avait à la main un violoncelle qui datait du XIXe siècle et sur lequel les gouttes giclaient comme des fibres nerveuses arrachées. Il appartenait à mon père. Petit garçon, il avait fui Riga devant l'armée russe et n'avait réussi à sauver que ce violoncelle pour enfant qu'il avait traîné avec lui pendant quatre mois, le ventre vide, à travers la boue et le froid, sous un déluge de bombes, et c'est ainsi que l'instrument comptait parmi les rares objets en bois pour lesquels il éprouvait de l'affection.

Käthe avait fracassé le violoncelle sur la chaussée inondée de pluie. Mon père l'avait regardée faire sans bouger. Puis il avait tourné les talons et s'en était allé. Sous le bras, il avait mon cadeau, et je m'étais dit qu'il partait le mettre en sécurité.

Mais sa femme s'était jetée sur lui pour lui planter un morceau de violoncelle dans les reins, et il avait laissé tomber le paquet qui avait tournoyé vers une bouche d'égout.

Je ne comprenais pas ce que mon père criait car Käthe criait bien plus fort que lui, et notamment des choses que je n'avais encore jamais entendues. La scène attirait l'attention des passants. Mon père était monté dans sa voiture pour repartir. Käthe l'en avait empêché en se jetant sous ses roues avant de se relever d'un bond pour arracher l'antenne et tordre l'essuie-glace. Ce faisant, elle s'était blessé la main qui s'était mise à saigner.

C'est dans cet état qu'elle était rentrée à la maison. Elle pleurait. Elle s'était assise, trempée jusqu'aux os, dégoulinante, avec une plaie béante, et elle avait pleuré. Je lui avais demandé si je pouvais aller chercher mon cadeau dans le caniveau. Sans répondre, elle s'était versé de l'eau-de-vie sur les mains, et quand je lui avais dit que le cadeau devait être un petit train Märklin et que ce n'était pas du tout bon pour un petit train Märklin de prendre l'eau (à cause du système électrique), ma mère, toujours en larmes, avait commencé à me frapper.

Au départ, elle m'avait frappé comme on frappe quelqu'un qu'on aime bien quand même. Mais ensuite, son regard s'était figé et elle avait serré le poing.

Je m'étais retrouvé par terre et elle ne s'arrêtait plus. Le sang de sa main se mélangeait au mien. Ansgar était arrivé en courant. Aujourd'hui encore, j'entends ses pas nus et précipités tambouriner dans le couloir. Il s'était jeté entre nous. Mais Käthe l'avait attrapé par les cheveux en hurlant les mêmes choses en boucle. Elle criait : « Dis-lui que c'est un pervers ! », « Je vais rappeler à son bureau. Il peut dire adieu à son poste ! » Elle criait des choses comme « Tu bandes ? », « Tu veux que je te mette une bougie dans le cul ? », et à force, j'avais compris que, depuis le début, elle parlait à mon père alors qu'il n'était pas là.

Puis Ansgar avait rampé jusqu'au téléphone et appelé la police.

Dans les lettres à Lucilius, Sénèque parle de son esclave folle, Harpaste, qui était devenue aveugle du jour au lendemain mais était trop bête pour s'en rendre compte. Elle pestait à longueur de journée contre la maison où elle vivait, et quand on lui demandait ce qu'elle lui reprochait, elle répondait : « Il fait tellement sombre ici. Il n'y a même pas de fenêtre. C'est pour ça que je veux déménager ! »

Nul ne connaît sa propre âme, son avarice, son arrogance, sa rapacité ou son abyssale méchanceté. Nous sommes tous aveugles à l'autre face de notre lune sur laquelle aucun rayon de soleil ne tombe.

Personne n'est l'obscurité incarnée. Ma mère non plus.

Raison pour laquelle elle ne pouvait pas croire à ce qui était en train de se passer. Dans sa tête, elle ne battait pas ses enfants. Elle ne se saoulait pas jusqu'à l'inconscience. Elle ne prenait pas non plus d'autres drogues. Elle n'allait pas au bureau de mon père, n'accrochait pas à sa poignée de porte des préservatifs qui n'étaient pas remplis d'eau et sur lesquels il n'y avait pas de point d'exclamation dessiné au rouge à lèvres.

Son fils n'avait pas non plus appelé la police. Qui n'était absolument pas venue. Ou en tout cas, elle était repartie.

En effet, la police était repartie.

Deux policiers appelés pour mauvais traitements s'attendent à tout sauf aux magnifiques yeux innocents et humectés de douleur et de solitude de ma mère, une femme avec un visage à la Liz Taylor vivant dans un quatre-pièces avec cheminée et balcon. Ils n'avaient pas vu le gris et le bleu de ma peau parce que je ne voulais pas qu'ils les voient.

Je les avais regardés disparaître sans gyrophare dans la tempête. Ils n'arrivaient pas à croire que maman avait décidé de détruire tout ce qui l'entourait.

Ils pensaient que c'était l'inverse.

Au dîner, Käthe était toujours furieuse contre mon frère. Il avait dû manger ses raviolis froids, elle avait fait exprès de ne pas en réchauffer une partie. Elle s'était remise à se saouler sous nos yeux, au vin rouge, et Ansgar avait déclaré qu'elle n'était plus sa mère. Elle avait ri et lui avait retiré ses raviolis froids en criant que puisqu'elle n'était pas sa mère, elle n'avait pas à lui faire à manger.

— Faire à manger, c'est pas la même chose, avait répondu Ansgar d'un ton rude.

Käthe avait à nouveau éclaté de rire. Puis elle s'était penchée vers lui et avait baissé ce qui lui restait de voix.

— Et il appelle la police. Comme un nazi. Ton père est un nazi, ton grand-père est un nazi, et toi aussi, tu vas finir nazi ! Allez, file ! File dans ta chambre !

Ansgar s'était levé d'un coup sec. Il avait les larmes aux yeux. Elle l'avait rappelé d'un sifflement avant qu'il ne franchisse la porte.

— Comment on dit quand on se lève de table ?

— Heil Hitler, maman !

J'avais l'impression que le Bon Dieu, auquel je croyais encore à l'époque, avait commandé la pluie à notre seule intention pour annoncer l'Apocalypse, et je sentais l'angoisse monter en moi. Ma mère buvait dans son coin, la bouche écumante, en avalant des quantités de cachets. Plus tard, j'avais demandé à Ansgar si je pouvais venir dans son lit.

Nous nous étions retrouvés allongés côte à côte, dans les bras l'un de l'autre, à parler beaucoup de foot et un peu du petit train Märklin. Ansgar avait essayé de me consoler, et je lui avais donné les chocolats que j'avais piqués pour lui. Derrière la porte, la radio braillait, et maman, en chantonnant, articulait des bribes de phrases qui avaient fini par se transformer en geignements, et la pluie abritait tout.

Tard dans la nuit, on avait secoué la porte. Ansgar avait fermé à clef.

— Où sont les chocolats ? Ansgar, je vais te tuer !

On aurait dit que ses hurlements venaient de nos têtes, tout près de nous.

Mais cette fois, c'était Ansgar qui riait.

Et il n'avait pas ouvert quand le silence était revenu.

Je l'admirais tellement que j'avais commencé à pouffer. J'avais essayé de réprimer mon fou rire, mais en vain, et lui, encouragé par mes ricanements, faisait des grimaces dans la pénombre et des pieds de nez à la porte jusqu'au moment où j'avais explosé.

Et soudain, nous avions entendu un coup.

La porte se fendait. Maman s'était jetée contre le battant jusqu'à se retrouver dans la pièce.

Des flashes.

Une lampe allumée dans le couloir, je m'en souviens.

Et la hache dans sa main.

Mais personne n'avait crié.

Même maman n'avait rien dit en se ruant sur nous. On n'entendait que les bulles de salive éclater à ses lèvres, et un reflet métallique avait fendu les airs.

Ce qui avait suivi suffit pour tous les cauchemars jusqu'à la fin de mes jours, et le lendemain après-midi – la pluie avait depuis longtemps laissé place à un ciel anticyclonique vitreux –, Ansgar était sorti du coma.

Il était à l'hôpital et ne se rappelait plus rien.

Un agent de police m'avait demandé mon pyjama. J'avais honte des taches d'urine, mais l'homme m'avait dit que le tribunal ne s'intéressait qu'au sang.

Käthe avait été internée. Nous ne l'avions jamais revue.

7

ON L'AVAIT EXPÉDIÉE à la cave. Dans le sauna finlandais. La porte était fermée de l'extérieur à l'aide d'un manche à balai.

Je regardais à travers la vitre de la porte. Ma mère somnolait sur un matelas à même le sol, juste à côté du poêle. Deux lanières étaient tendues en travers de son corps qui faisait penser à un glissement de terrain. Une longue chevelure négligée auréolait son visage bouffi. Sur l'oreiller, on aurait dit un tournesol carbonisé.

Cigogne s'est avancée à côté de moi. Elle avait beau être vêtue d'un peignoir jaune canari, ses mouvements étaient guindés. Elle a jeté un coup d'œil méfiant au fond des sacs plastique que j'avais apportés, en a sorti un petit paquet de mort-aux-rats et un piège à souris, et m'a toisé derrière ses lunettes de soleil.

Je lui ai demandé de bien vouloir aller s'habiller.

Sans un mot, elle est ressortie de la cave avec les sacs. J'entendais sa colonne vertébrale craquer à chaque pas, lourde de reproches. Une fois Cigogne partie, j'ai enlevé le manche à balai pour ouvrir la porte du sauna. Je suis entré et me suis assis sur un banc en bois, en silence.

Il faisait incroyablement frais.

— Mon petit ! a dit maman d'un ton plaintif au bout d'un moment. Mais qu'est-ce que tu nous fais ?

— Moi ?

— Ton père m'a dit que tu allais mal !

— Ah bon ?

— Il m'a dit que tu travaillais dans les habits, mais que c'était n'importe quoi. Et que tu n'avais pas de revenus fixes ni de vrai métier. Et qu'en plus, tu étais en train de mourir.

Elle n'avait pas l'air concernée. Elle parlait lentement et d'un ton monocorde, comme si son cerveau était immergé dans un bain de boue chaud.

— C'est vrai, ai-je répondu.

— Mais c'est terrible, a-t-elle haleté, de ne pas avoir de vrai métier !

— C'est mon métier !

— Quoi ?

— Mourir.

— Et ça paye bien ?

— Maman !

— Quoi ?

— Tu ne m'écoutes pas. C'était une blague !

Elle a posé sur moi un regard d'une profonde tristesse. Quelque part au fond de sa pupille, j'ai cru voir une petite étincelle.

— Je suis désolé, ai-je dit.

— Ah bon, s'est-elle contentée de répondre.

Je me suis penché vers elle, et elle a cru que je voulais la prendre dans mes bras. Mais j'ai seulement mis la main sur son front.

Elle a fermé les yeux, et quand j'ai retiré ma main, elle a gémi tout doucement.

Plus tard, elle m'a raconté qu'elle était une célèbre actrice qui avait joué Cléopâtre aux côtés de Richard Burton, presque, et juste après, elle a ajouté que ses chevaux champions de course lui manquaient (elle possédait quatre ou cinq pur-sang arabes). Avec sa bouche, elle a fait le bruit de chevaux victorieux, et son haleine m'a frappé comme de la poussière venue de l'intérieur d'une morille putréfiée.

Pour finir, elle a prétendu être médecin.

Raison pour laquelle je n'avais pas à me faire de souci pour ma santé.

À la porte de la cave, j'ai voulu me faire une injection d'Iscador, un extrait de gui en rapport avec la force druidique celtique qui me détend bien. Mais il fallait d'abord trouver le bon endroit sur mon ventre.

Cigogne a cherché avec moi sans que je lui aie rien demandé. Elle avait troqué son peignoir jaune contre une tenue à la Cyndi Lauper. Des couleurs pastel. Affreux. De grosses boucles d'oreilles en plastique coloré avec des petites têtes de serpents pour couronner le tout. À moitié assise sur mes genoux dans son jean décoloré, avec zèle, douceur et supériorité, elle a voulu faire elle-même l'injection sous-cutanée.

Je lui ai coupé l'herbe sous le pied en me plantant l'aiguille dans la chair sans regarder. Cigogne s'est légèrement détournée avec une expression de compassion blessée qui lui allait bien.

Puis elle a dit qu'elle avait posé un congé sans solde pour pouvoir s'occuper de ma mère. Qu'elle le faisait volontiers et qu'elle aidait comme elle le pouvait. Mais que ce n'était pas une raison pour la traiter comme un chien, et que soit je la soutenais en tant que principal bénéficiant, soit tant pis. Et que je n'avais qu'à récupérer mes sacs.

Sur ce, elle a lâché les sacs plastique, et un arsenal de produits antinuisibles a roulé à mes pieds.

Je lui ai expliqué qu'on disait principal bénéficiaire et pas principal bénéficiant.

Elle m'a ri au nez et s'en est allée comme un guerrier massaï.

J'ai décidé de chercher quelqu'un pour la remplacer. Mais inutile de le crier tout de suite sur les toits.

Après un dîner plein de prévenance (Stiefi avait fait du ris de veau, et je n'ai pas eu besoin de mâcher beaucoup), j'ai planté ma tente pour la nuit dans une des innombrables chambres qui se bousculent dans la villa de mon père. J'y ai rédigé le texte suivant sur une feuille à carreaux :

RECHERCHE ACCOMPAGNEMENT
POUR PERSONNE ÂGÉE
(PAS D'INFIRMIÈRE !)
CAS DÉSESPÉRÉ !
VOTRE PRIX SERA LE NÔTRE !
0172/489 76 33

Je l'ai recopié plusieurs fois.

Le lendemain matin, Ansgar et mon père ont quitté la maison, et Stiefi a emmené mes demi-frère et sœur à l'école (en fin de matinée, car avant, il y avait sport, et ils étaient dispensés). J'en ai profité pour emprunter la deuxième ou troisième voiture de Stiefi (Mercedes classe A), chose qu'elle m'avait expressément interdite.

J'ai fait le tour des environs pour afficher mon offre d'emploi. Je l'ai collée sur des pompes à essence et des feux de circulation, et je suis allé dans un supermarché où je l'ai accrochée sur le tableau des annonces dans la catégorie « Nos chers petits » (la catégorie « Nos abominables vieux » n'existait pas).

Au rayon textile, je n'ai pas vu de jolis tissus. Mais il y avait des rideaux corrects, tout simples, fins, d'un blanc immaculé. Je me suis dit que ça irait bien et j'en ai fait un stock. En plus, j'ai pris un paquet de boutons de nacre, des fermetures éclair et du papier alu, utile pour renforcer les poignets.

Je préfère coudre mes vêtements moi-même. Dans les fringues d'Ansgar, j'avais l'impression d'être un ver de terre.

Quand je suis sorti du supermarché, le monde m'a semblé avoir retrouvé un peu de chaleur.

Les jours à venir avaient beau promettre d'être catastrophiques, je me devais de les affronter avec superbe. J'allais être blanc comme neige, si je puis me permettre cette formule galvaudée. Car le blanc n'est pas seulement la couleur du mariage et des infirmières, c'est aussi celle du chagrin, de la paix, de l'innocence. Selon moi, le blanc se porte en toutes circonstances. Même l'agent Mulder du FBI arbore une chemise blanche pour ses rencontres avec les extraterrestres.

Je suis remonté dans la voiture, où il n'est d'ailleurs pas facile de caser des rideaux. J'ai allumé la radio et j'ai aussitôt tenté de supprimer la station sélectionnée (Radio Classique). Mais les autres n'étaient pas beaucoup mieux. La voiture a démarré dans un ronflement, et c'est en sortant de la place de stationnement que j'ai vu une drôle de scène. Ça se passait de l'autre côté de la rue.

Une Fiat Uno miteuse, couleur anthracite, d'au moins dix ans d'âge, était garée là, l'aile gauche cabossée et la carrosserie maculée de fientes blanchâtres, à croire qu'elle avait passé plusieurs jours dans une volière.

Le blanc peut donc aussi être la couleur de la merde – c'est ce qui m'est venu à l'esprit.

Je suis passé juste à côté et j'ai remarqué une grande tache séchée qui avait la forme de l'Italie sur la vitre côté passager.

Puis j'ai aperçu un visage à lunettes derrière, et c'était celui de Cigogne. Elle semblait elle aussi plongée dans la contemplation de la fiente, avec un regard vide et sans expression. Ses lèvres étaient exsangues, et je ne parle même pas de son teint.

À côté d'elle, je distinguais la silhouette gesticulante d'un jeune homme hors de lui que je ne connaissais pas et qui tapait sur le volant. Il avait l'air d'être en train de crier, et – j'étais déjà deux mètres plus loin – a tendu la main et pris la nuque de Cigogne en étau pour tourner sa tête vers lui comme s'il n'était pas d'accord pour qu'elle fixe la fiente des heures durant.

En m'éloignant, j'ai vu Cigogne tressaillir. Alors que sa nuque et ses épaules se cabraient violemment, sa bouche affichait déjà une expression de mépris légèrement souriant, et à ce moment-là, nos regards se sont croisés, juste le temps d'un battement de cils.

J'ai freiné et passé la marche arrière à contrecœur.

Avant même que je sois arrivé au niveau du tas de ferraille, Cigogne avait bondi de la Uno.

Ma portière côté passager s'est ouverte à la volée. La fille s'est effondrée sur les rideaux à côté de moi, je n'ai rien dit.

— Merci, a-t-elle soupiré.

Elle a soufflé pour dégager ses cheveux sur son front tout en jetant un regard furieux à la Uno qui était en train de disparaître dans la lunette arrière.

S'il avait eu une plus belle voiture, je l'aurais pris pour un gynécologue.

La colère avait blanchi le front de Cigogne, et je me suis demandé s'il n'y avait pas moyen de pondre un article sur tout le blanc de cette journée.

J'aime écrire sur des sujets de fond.

Cigogne pestait contre le conducteur de la Uno. Elle a prétendu que c'était un patient désaxé avec qui elle avait un peu fait connaissance, puis elle a passé un long moment à parler de patients désaxés, de patients puérils, de patients pervers et autres futilités bizarroïdes.

Je n'avais aucune intention d'écouter son avis sur les patients. Je voulais la refourguer le plus vite possible à Ansgar – car elle était justement en route pour aller le voir. C'était bien son genre de préférer les transports publics.

Soudain, elle s'est rendu compte qu'elle était assise sur des fournitures. Transfigurée par la joie, elle a examiné un bouton de nacre tandis que sa main caressait les rideaux.

— Oh ! C'est pour moi ? Tu vas me faire quelque chose ? Pour le mariage ?

J'ai hésité à dissiper le malentendu, car elle était passablement ravie.

J'ai fini par lui dire d'un ton calme que je n'allais rien faire pour elle, que je m'étais juste arrêté par réflexe, mais qu'à part ça, il n'était pas question que je fasse quoi que ce soit pour elle, vraiment pas, à part peut-être lui chercher une remplaçante, voilà ce que j'allais faire pour elle.

Et avec plaisir.

Son regard est tombé sur une de mes offres d'emploi.

On ne peut pas dire que ça ait renforcé notre complicité.

J'ai essayé de rouler encore plus vite.

Loin au-dessus de nous, deux grues volaient vers l'ouest, et de leur point de vue, notre voiture devait avoir l'air d'une munition lancée à pleine vitesse.

Rien d'étonnant, donc, à ce qu'un agent de police mal embouché ait fini par nous arrêter pour nous contrôler.

L'agent et moi avons été aussi surpris l'un que l'autre par le fou rire dont a été prise Cigogne en découvrant que je n'avais plus de permis depuis quatre ans. C'était un rire tellement incontrôlable et hors du commun que par la suite, je n'ai pu le qualifier que d'indien.

8

LE BLANC est la couleur des victimes.

Victimes de l'amour. Victimes de la vie. Victimes des bonnes manières. Les nappes sont blanches, et les agneaux immolés, et les linceuls transpercés d'épines. La couleur blanche se prête parfaitement à la capitulation.

Je dois dire que plus j'y réfléchissais, plus mon enthousiasme pour ce qui est blanc s'évanouissait.

Je me suis rendu compte que la neige et moi, ça faisait deux. Quand je pense à la neige, je pense aux avalanches. Et quand je pense aux avalanches, j'en reviens aux victimes.

Même le lait, je ne l'aime qu'avec du cacao dedans.

Dans le *David* de Michel-Ange, le marbre me chiffonne.

Et les rideaux empêchent la lumière de passer.

Mais pourquoi m'étais-je acheté des rideaux blancs ?

C'était une de ces décisions malheureuses qu'il m'arrive depuis toujours de prendre sur un coup de tête. Je suis un tailleur de rien du tout avec ses sautes d'humeur, qui n'a pas confiance en lui, sur qui on ne peut pas compter, qui loupe toujours d'un cheveu l'évidence parfaite censée transcender une tenue.

J'étais installé à la machine à coudre de Stiefi.

J'étais en train de confectionner trois chemises d'après un patron de *Brigitte*, et tout en plantant rageusement mon aiguille dans le tissu blanc, je rêvais de quelque chose de noir. Et alors que je passais en revue les différentes possibilités (le noir tendre de la transparence, le noir du crêpe qui m'allait droit au cœur, le noir profondément princier du velours, le noir officiel des gommeux, les nuances de noir de la luxure, du meurtre, des cannibales), je me suis rappelé ce que le noir symbolisait.

Le noir est la couleur des criminels.

La couleur des tueurs.

Des lunettes de soleil.

Des exorcistes.

Ainsi que la couleur des créateurs.

Et bien sûr la couleur des enfoirés.

Le magazine pour lequel il m'arrive d'écrire des articles s'appelle *Glamour*. Ça se prononce à la française, comme *amour**[1] ou *tambour**.

Selon la rédactrice en chef, Marie-Lou, mon style, ma plume se sont dégradés dernièrement. Et mes sujets ne seraient plus dans l'air du temps. Les enfoirés n'auraient pas leur place dans un magazine qui s'appelle *Glamour*. Je ferais mieux d'écrire sur des gens comme Gilles Dufour ou Hervé Léger, dont il est vrai qu'ils ont introduit à la fois le noir tendre de l'enfoiré et le blanc pulvérulent de l'héroïne dans les collections de prêt-à-porter.

Toutes ces pensées se bousculaient dans ma tête tandis que je piquais les manches de ma garde-robe.

Pour être honnête, ce n'était ni à cause de Marie-Lou, ni à cause de *Glamour*, ni à cause des rideaux que j'étais sens dessus dessous. J'étais surtout étonné que si peu de gens répondent à mon annonce.

Enfin, si peu.

Personne ne répondait.

Ça va sans doute prendre un bout de temps, ai-je pensé, sûr de mon fait, énervé d'avoir écrit « cas désespéré ».

Stiefi, elle, était énervée par la phrase « Votre prix sera le nôtre ».

Papa était énervé par toute offre d'emploi qui n'apportait pas de sang frais à SOLM CIMENT SA.

Et Ansgar était énervé parce que j'avais donné son numéro de téléphone.

---

1. Les mots en italique suivis d'un astérisque sont en français dans le texte original. *(N.d.l.T.)*

— Merde, Jesko. Comment tu fais pour énerver tout le monde comme ça ? Tu n'es là que depuis deux jours et tu es déjà insupportable !

Il venait de surgir à côté de moi dans la pièce et regardait la machine à coudre ronronnante que je n'avais pas pensé à éteindre.

— Je t'ai dit que je ne prendrais pas ta copine à la con, ai-je répondu.

— Et Stiefi t'a dit de ne pas prendre sa voiture à la con.

— Je suis un homme de parole.

— Tu trouves ça drôle, c'est ça ? Tu trouves ça drôle que papa doive aller te chercher en taule ?

— Taule ! ai-je répété pour tourner le mot en ridicule.

— Ils t'auraient coffré si papa n'était pas intervenu. Quand on se fait choper sans permis trois fois de suite, on finit derrière les barreaux !

— Pourquoi tu te mets dans cet état ? Il ne s'est rien passé.

— Je t'ai dit qu'on voulait faire profil bas. Pas de scandale. Pas d'indiscrétions. Et toi, tu roules à plus de cent soixante sans permis et tu colles mon numéro de téléphone privé sur tous les murs en expliquant que je veux me débarrasser de ma folle de mère ? Pourquoi tu me fais ça ? Tu ne vois pas pourquoi on se fait chier comme ça ?

— Pour me sauver la vie ?

— Pourquoi tu prends ce ton ironique ? Pourquoi ? Je déteste quand tu es comme ça ! Un peu de respect ! Pourtant, on en a parlé ! On en a parlé en long, en large et en travers, non ? Mais tu ne t'y tiens pas ! Tu oublies tout ! Est-ce que tu as contacté ta fille, au moins ?

Ce n'était pas une bonne idée de mêler à nouveau Charlotte à tout ça. C'était une très mauvaise idée. J'ai éteint la machine, attendu que le silence se fasse, et j'ai asséné à mon frère quelques paroles blessantes, car il a beau être grand et fort, la moindre de mes paroles est capable de le blesser, même la plus stupide.

Il est reparti furieux en disant les choses les plus invraisemblables – il est allé jusqu'à prétendre que le noir et le blanc n'étaient pas des couleurs.

Depuis des années, nous vivons dans cette amertume volage qui prend invariablement son envol au rythme des oiseaux migrateurs, passant l'hiver sur les rivages méridionaux, et quand elle est presque oubliée, le ciel s'assombrit, et elle revient faire son nid dans nos cœurs.

Mon Dieu, je me mets à écrire comme Marie-Lou, ma rédactrice en chef.

Les mots simples me manquent car tout est si compliqué, infiniment compliqué.

Je suis allé voir Ansgar à la nuit tombée. Je me suis assis à côté de lui dans le bureau-d'ici. J'ai fixé la Cartographie courlando-livonienne au mur et déclaré que je ferais ce qu'il voudrait.

D'accord pour le test sanguin.

D'accord pour la ponction, si ça pouvait lui faire plaisir.

J'ai opté pour un ton qu'il n'aime pas (glacialement condescendant), histoire de cacher tout l'amour que j'ai pour lui. Et comme c'est mon frère et qu'il est condamné à me comprendre pour l'éternité, nous avons eu un moment de complicité. C'était impossible à décrire. D'une autre pièce, quelqu'un a crié que le dîner était prêt, sans doute Stiefi pleine de la déception que je lui avais causée, et au même moment, l'odeur de ce qui n'avait pas été cuisiné pour moi a flotté à travers la forteresse. Alors que nous descendions l'escalier, j'ai vu le sourire serein d'Ansgar, et j'ai promis – puisqu'il y tenait à ce point – de fumer le calumet de la paix avec Cigogne.

Depuis son fou rire indien, il y avait au moins un espoir de trouver une allumette pour.

Quand nous nous sommes croisés à l'hôpital, elle a fait de son mieux pour rester impassible. Elle portait un habit d'infirmière et même une coiffe, chose que je n'avais pas vue depuis longtemps dans les hôpitaux qui s'occupaient de mon cas le reste du temps.

Ansgar et moi étions déjà sur place, mais Cigogne est arrivée après, parce que mon frère ne voulait pas être vu avec elle ni avec notre mère.

Quand Käthe, soutenue par Cigogne, a débarqué dans le couloir de l'hôpital, elle avait l'air sous l'eau, comme un satellite russe tombé à la mer qui envoie un signal radio par intermittence. Son visage brisé était tiré à quatre épingles. Ses cheveux gris navire de guerre, mais propres. Quelqu'un lui avait passé une veste d'homme et mis de la crème cache-misère sur les cratères et taches de nicotine de ses joues. Ne manquait plus qu'un petit nœud dans les cheveux.

Penché sur son bureau, le docteur Freundlieb étudiait son agenda. C'était un vieux dandy juif aux cheveux blancs qui n'arrêtaient pas de lui tomber dans les yeux. Il les rejetait en arrière d'un petit mouvement de tête alerte. Il nous a bien fait sentir qu'il était dans le même club de golf que papa et qu'en temps normal, il fallait attendre des semaines pour avoir une date d'intervention, en tout cas quand le chef opérait lui-même.

— Je peux vous proposer mercredi à 7 heures. Il reste un créneau de libre, a-t-il fini par dire, grand prince.

Mercredi, c'est dans six jours, ai-je pensé.

— Ce serait parfait, a répondu Cigogne. Merci beaucoup, docteur.

Nous étions installés en demi-cercle devant lui.

Maman patientait, à moitié cachée par un paravent. On n'entendait que ses doigts déchirer la protection papier sur laquelle elle était couchée, un petit bruit apathique.

Six longs jours.

Le médecin s'est adressé à Ansgar.

— Votre père m'a demandé d'être discret, monsieur Solm. Mais l'intervention n'est pas sans risques. Nous avons donc besoin du consentement écrit de votre mère. À moins qu'elle ne soit sous tutelle ?

— Non, a répondu Ansgar.

— Dans ce cas, elle doit signer ici.

Il a fait glisser un document vers lui. Ansgar l'a attrapé d'un geste indiquant ostensiblement qu'il n'était pas responsable. Il était nerveux, comme s'il craignait à tout moment que la porte s'ouvre à la volée et qu'une meute de reporters se rue à l'intérieur en criant : « Vous ici, monsieur von Solm ? Le chef junior promis à un brillant avenir de la SOLM CIMENT SA ?

Et qui est cette petite infirmière naïve à vos côtés ? Et cet homme plus tout jeune au regard fou affublé d'un rideau blanc ? Et cette vieille alcoolique derrière à qui vous ressemblez furieusement ? »

Maman a marmonné quelque chose que personne n'a compris, et nous nous sommes tournés vers elle.

— Mercredi, je ne peux pas, a-t-elle répété en laissant tous les regards ricocher sur elle. Je serai sur la piste.

— Quelle piste, maman ? ai-je demandé.

— La piste de l'hippodrome.

Le docteur s'est flatté le nez.

— Il n'y a pas d'hippodrome ici, a-t-il judicieusement fait remarquer.

— Mais il y en a à Londres, a répliqué Käthe.

— Vous prenez l'avion pour Londres ? a demandé le docteur Freundlieb.

— Je prends le cheval.

— Pour Londres ?

Elle a acquiescé d'un air grave.

— Cette fois, on va gagner. Mes pur-sang arabes. De belles bêtes. De très belles bêtes.

Les belles bêtes se bousculaient entre ses lèvres, les entrouvrant à peine, dans un silence caverneux au milieu duquel on n'entendait que le bip d'un lointain portable, au-delà du mur que nous fixions tous.

Décontenancé, le docteur a dégagé de son front les cheveux qu'il avait oubliés quelques secondes sur son œil gauche. Puis la mèche est retombée lentement.

— Bien, a-t-il dit tandis qu'elle glissait sur son sourcil. Et jeudi, alors ?

Tout ce que tu réaliseras jamais partira à la poubelle. Tout ce dont tu pourrais être fier finira aux ordures. Tu disparais. Et quand tu auras disparu, tout sera comme si tu n'avais jamais été là.

Pour finir, Käthe a posé une fraction de son nom sur la feuille que je lui tendais. Je n'ai reconnu qu'un K.

Jeudi, c'est dans sept jours.

Quand nous sommes arrivés à la forteresse, j'ai pris conscience que ni le noir ni le blanc ne seraient la solution, et j'ai mélangé les extrêmes pour obtenir un gris spectral, inquiétant, indécis, la couleur du ciment solmesque frais.

Sept longs jours.

9

J'AI COMMENCÉ par faire place nette.

J'ai pris un gigantesque bidon de Blanko Rein Express, et les cafards s'en sont allés.

J'ai aussi appris le respect aux souris.

J'ai réparti les pièges aux endroits stratégiques et dispersé des petites boules de mort-aux-rats bleu et blanc dans leurs coins favoris, et en l'espace de vingt-quatre heures, trois souris avaient déjà cassé leur pipe. J'ai mis leurs cadavres semblables à de gros havanes dans une petite boîte à cigares, mais comme Stiefi refusait de me parler tant que je n'aurais pas le permis de conduire, je ne savais pas dans quelle poubelle de tri les jeter. Raison pour laquelle je les ai donnés à Khomeyni qui voulait jouer avec.

À la fin, la maison de la tante étincelait tellement de propreté qu'on aurait pu y réaliser des opérations à cœur ouvert.

Maman s'est installée dans la pièce de devant avec le piano et la porte coulissante qui donnait sur le lac, Cigogne dans celle de derrière avec le coin cuisine. J'ai chopé le nouveau matelas qu'Ansgar m'avait acheté pour le mettre sur la véranda. J'ai déroulé le sac de couchage, neuf lui aussi, plongé la main dans mon réservoir à cachets, et je me suis posé.

J'ai pris du papier et un crayon, je me suis mis en position latérale de sécurité et, épuisé par tout ce sang versé, j'ai enfin écrit une lettre à ma fille.

« Chère Charlotte », ai-je commencé.

— Tu ne vas quand même pas dormir dehors ? a demandé Cigogne dans mon dos.

Appuyée contre la balustrade de la véranda, elle secouait sa couette au-dessus du lac. Dès son arrivée dans la maison, elle s'était approprié la couette mangée par les acariens et ravagée par les effluves de ma mère pour s'y blottir avec délectation afin que nous autres, pitoyables créatures, soyons épargnés par la crasse et les bactéries.

On dirait que toutes les infirmières ont cette croix rouge gravée sur le front, cette prévenance délirante alimentée par leur narcissisme sans les calories morales duquel elles seraient condamnées à mourir de faim dans le désert de leur ego.

— Ici, l'air est frais, ai-je répondu d'un air sombre en continuant ma lettre.

— Il fait beaucoup trop humide. Et s'il pleut ? Tu peux dormir dans ma chambre.

— Il y a des souris.

— Elles ne te feront rien. Et je ne te ferai rien non plus.

J'ai écrit à Charlotte que j'étais désolé de ne pas lui avoir fait signe depuis tout ce temps, que j'étais en ce moment chez papi, que j'habitais la maison de la tante, que je voyais les étoiles tous les soirs et que je regardais la nôtre, l'étoile du Berger, couverte de nuages.

— C'est quoi, le problème ? a insisté Cigogne tout en serrant le sac de plumes élimé contre elle comme si on y avait tissé des fils d'or et d'argent.

— Je dors dehors, ai-je répété.

« Il faut aussi que tu saches, ai-je continué à écrire, que je ne suis pas seul ici, qu'il y a une infirmière à lunettes avec moi, qu'elle est en train d'étendre une couette sur la balustrade, qu'elle vient vers moi et que son ombre couvre à moitié la feuille, c'est son bras, et je dessine la ligne de son bras, et ces petits traits sur le côté, c'est le duvet qui est dessus, elle en a beaucoup beaucoup (n'écris jamais "beaucoup beaucoup" dans une rédaction, mon enfant !), car sa pilosité est bien trop abondante pour une blonde. »

— Tu ne m'apprécies pas, Jesko, et ce n'est pas grave. Je l'accepte, même si ça me travaille quand on ne m'apprécie pas. Donc, si tu faisais semblant de m'apprécier, ce serait un peu plus facile pour moi, même si je sais que tu ne m'apprécies pas.

— Je ne te connais pas.

— Et alors ?

— Pour apprécier les gens, il faut d'abord que je les connaisse.

« Ah, ma puce. La binoclarde se baisse devant moi, devant moi elle se baisse. »

— Il y a un truc tout simple pour apprécier les gens. Pense à un film.

— Un film ?

— Par exemple… *Titanic*. C'est un film que tu apprécies ?

— Pour apprécier les films, il faut d'abord que…

— J'ai compris, m'a-t-elle coupé en me prenant mon stylo des doigts. Alors pense à ton film préféré, ton film préféré de tous les temps !

— Hum, ai-je fait.

— Et ce film, c'est moi.

— C'est tout ?

— Il faut que tu y penses vraiment. À toutes les jolies scènes. À tout ce qui te passionne et te fascine. À tout ce qui te plaît dedans ! Les films, c'est juste de l'illusion. De l'ombre et de la lumière. Exactement comme les gens. Est-ce que tu peux m'apprécier comme ça ? Comme un film ?

— Mon film préféré, c'est *Le Piège de l'ozone* !

— Ah bon.

— Ça parle de la couche d'ozone. Et de comment on la détruit. C'est un documentaire.

Silence.

— Mais un bon.

J'ai récupéré mon stylo.

— D'accord, tu n'as qu'à dormir dehors.

« Elle se relève. Elle repart. D'ici, je ne vois que ses pieds qui s'éloignent à toute vitesse. Ah, elle roule des talons ! Elle a les pieds plats ! Je te les dessine tout de suite. Ça te donnera une idée de sa démarche. Elle vient de rentrer dans la maison en se dandinant. J'espère que tu vas bien et que tu ne fais pas de bêtises à l'école. Je t'aime très fort. Dis bonjour à maman de ma part et aussi à Tobias. Ou est-ce que c'est Stefan ? De gros câlins de ton papa. »

Les premiers jours se sont vraiment bien passés.

Nous vivions à l'écart des autres.

Cigogne ne me dérangeait plus, à part avec sa cuisine. Elle ne sait pas cuisiner, mais elle le faisait quand même parce qu'elle était persuadée que ma mère et moi avions besoin de manger sainement.

Le problème, c'est que ça manquait de viande. Elle est végétarienne. Au départ, il n'y avait ni poulet ni porc parce qu'elle n'était pas d'accord pour que les êtres humains mangent d'autres êtres vivants. Je lui ai expliqué que c'était avec l'alimentation carnée que la civilisation avait débuté. Sans ça, l'homme n'aurait jamais eu le temps de faire des peintures rupestres, parce qu'il aurait dû passer sa vie à manger des fruits.

Je lui suis très reconnaissant d'avoir systématiquement évité les débats, car je suis capable d'argumenter pendant des heures, y compris avec des gens comme elle qui ne m'intéressent pas. J'avais mon poulet, elle bouffait ses graines. Le temps était splendide. On n'était pas si mal.

Le troisième jour à la maison de la tante, Cigogne m'a apporté une lettre de ma fille, en faisant comme si de rien n'était et en s'abstenant de tout commentaire. Sans que j'aie eu besoin de lui dire, elle avait compris que ma mère ne devait pas apprendre l'existence de sa petite-fille.

Sur l'enveloppe, un éléphant rose souriait, avec des petits cœurs roses qui s'envolaient de sa trompe, et dans le plus gros des petits cœurs il était écrit : « Coucou papa ! »

J'ai ouvert la lettre de Charlotte.

Elle m'écrivait que maintenant, elle savait jouer *La Valse des puces* au piano. Et que sinon, elle allait bien, qu'elle avait de bonnes notes, et que Stefan n'était plus là, il était parti en Égypte, alors qu'il leur avait dit qu'il allait rester avec elles, pour toute la vie (ce n'était pas Tobias). Dans un coin, elle m'avait dessiné sous la forme d'un œuf avec les yeux qui louchent et deux énormes oreilles rouges, des petits cœurs tout autour et une bulle, elle aussi en forme de cœur, dans laquelle il était à nouveau écrit : « Coucou, papa ! »

Elle était clairement dans la phase « petits cœurs », et ses P me tracassaient. Ils avaient des queues à rallonge, et je me suis promis d'aller consulter un manuel de graphologie.

Tout en bas, il y avait quelques lignes d'une autre écriture.

Salut, Jesko, je pars la semaine prochaine au bord de la mer Baltique pour un atelier psycho-astro. Il y a un tas de débris par ici. Je dois te laisser Charlotte. Il pleut. Au sud, il doit faire meilleur. Bises, Mara.

Les queues de Mara faisaient des kilomètres de long.

Elles allaient jusqu'en Égypte.

10

LES PREMIERS JOURS, Käthe a été globalement supportable. On pouvait la laisser un long moment sur le fauteuil à bascule de la véranda, et elle restait assise là en tremblant. Elle regardait le lac d'un air hébété, et de temps en temps elle crachait dans les airs en visant l'eau, et quand quelques foulques macroules et grèbes huppés se laissaient attirer et approchaient en pagayant joyeusement avec leurs pattes lobées, ils se retrouvaient sous le feu des crachats de maman. Malheureusement, elle manquait de salive, se plaignait d'avoir la bouche sèche et réclamait de quoi picoler. Mais Cigogne ne lui donnait que de l'eau, de l'Apollinaris, et maman disait que lui faire boire de l'eau, c'était comme lui faire boire de l'essence.

Il lui arrivait d'avoir des crises, une à deux fois par jour. Le fond de ses yeux se colorait et se peuplait de la polymorphie de ses métiers imaginaires. Elle se transformait aussitôt en professeur d'odontologie, en chanteuse de variété (alto), en ex-première ballerine désormais à la tête d'une école de ballet pour élèves leptosomes. Parvenir jusqu'à elle était impossible, elle était enfermée dans un tonneau d'années que personne n'arrivait à ouvrir.

Pourtant, c'était précisément ce que Cigogne essayait de faire, sans que Käthe s'en aperçoive.

Ainsi, un matin, au réveil, elle lui a expliqué qu'elle était fiancée à mon frère.

Käthe n'était pas encore au courant. Elle affichait un regard vide.

— Avec mon Ansgar ?

Cigogne a souri. Käthe s'est tournée vers moi.

— Elle est assez bien pour mon Ansgar ?

Je n'ai pas su quoi répondre.

Käthe a fait deux petits pas vers Cigogne.

— Et vous voulez faire quoi plus tard ?

— Elle est infirmière, maman, tu sais bien, suis-je intervenu. Elle est déjà grande. Allez, rassieds-toi.

— Infirmière ? Ah bon. Moi, je suis chasseuse de trésors.

Cigogne a gentiment acquiescé.

— Quand j'aurai retrouvé la santé, je partirai pour Manille ! Chercher l'or de Marcos !

J'ai levé les yeux au ciel et poussé le fauteuil à bascule vers ma mère.

— Ah bon, a dit Cigogne.

— Il l'a caché ! Dans un tunnel ! a poursuivi Käthe avec un rire rauque. Quand on est trentenaire, on commence à se demander où tout ça nous mène. J'ai passé trois mois en cure, et j'ai réfléchi à ma vie et à ce que je voulais en faire. Et j'ai eu une idée : devenir richissime !

— C'est une très bonne idée, a répondu Cigogne.

— Maman ! ai-je dit.

— Quoi ?

— Tu n'es pas trentenaire !

— Je ne suis pas trentenaire ?

— C'est moi qui suis trentenaire !

— N'importe quoi.

— Maman ! Tu n'es pas trentenaire ! Tu ne peux pas être trentenaire, sinon je ne serais pas trentenaire moi !

Käthe a marqué une pause. On sentait que son cerveau bloquait, comme une roue de moulin sous la bruine. Finalement, elle a eu un sursaut.

— D'accord, dans ce cas, j'ai la quarantaine.

J'ai secoué la tête et je me suis laissé tomber sur le fauteuil à bascule. J'avais de la patience, et je montrais que j'en avais.

— Peu importe, a dit Cigogne. Le principal, c'est l'âge qu'on a dans la tête !

— Exactement ! a bredouillé Käthe. Notre erreur, c'est d'être toujours trop critiques, trop négatifs ! C'est notre volonté qui fait le monde, pas l'inverse ! Devenir riche, c'est une question de volonté !

— On était en train de parler de devenir vieux !

— Devenir riche ! Devenir vieux ! Quelle est la différence ?

Furieux, je me suis levé d'un bond.

— Où est-ce qu'on t'a raconté ces conneries, maman ? À l'asile ?

— Et où d'autre ?

— Tu ne vas pas devenir riche, crois-moi !

— Je le suis déjà. La villa là-bas, cette belle propriété, d'où tu crois que je tiens tout ça ?

J'aurais voulu me mordre les phalanges, mais Cigogne a regardé maman d'un air grave et dit :

— Est-ce que vous avez une baguette de sourcier ?

Käthe a eu un instant de perplexité.

— Eh bien, si vous êtes chasseuse de trésors, il vous faut une baguette de sourcier.

Plus tard, Cigogne m'a demandé de fabriquer une baguette de sourcier pour ma mère. J'avais beau trouver ça idiot, j'ai quand même attaché deux branches à un bâton avec mon fil à coudre.

Munie de sa baguette, maman s'est mise à arpenter le gazon anglais de papa en compagnie de Cigogne, et comme on pouvait s'y attendre, elle est tombée sur de vieux galions espagnols.

Cigogne m'a demandé des pelles. Des pelles illégales, évidemment.

— Vous ne pouvez pas creuser à cet endroit. C'est les forsythias de Stiefi qui sont plantés là.

— C'est important de prendre ta mère au sérieux.

— Demande à Stiefi toi-même.

— Personne ne remarquera rien !

— Tu ne connais pas ma mère. Si elle pense qu'il y a des galions espagnols là-dessous, ça va devenir un vrai cratère, il ne restera rien du jardin, et à la fin, crois-moi, elle te demandera de la dynamite.

— Dans ce cas, je trouverai les pelles toute seule.

Je me suis ressaisi, j'ai laissé Cigogne à son syndrome du sauveur se faufilant vers sa proie comme un alligator tout juste sorti de l'œuf. Sans m'occuper d'elles, je regardais de loin les deux femmes qui entamaient leurs fouilles tout en me confectionnant des pantalons absurdes avec la vieille machine à coudre de Stiefi.

Impossible d'échapper aux pantalons, mon père en avait fait une condition sine qua non.

Pour éviter de ravaler ma colère (mon médecin me dit asthénique), je l'ai projetée sur une souris survivante qui me tyrannisait la nuit. Comme moi, elle logeait sur la véranda, dans un isolement choisi, ce qui lui avait sans doute épargné le sort de ses compagnes. Je ne comprenais pas pourquoi elle ne fuyait pas. Elle devait être mue par une inextinguible soif de vengeance à mon endroit qu'elle avait résolu d'assouvir coûte que coûte.

Le soir, juste avant que je m'endorme, gavé de mes petits amis pharmacoques, ses griffes grattaient le plancher comme celles d'un vampire. Une fois, elle a sauté sur mon sac de couchage et j'ai failli l'attraper. Elle avait les yeux verts et une queue courte comme si on avait mordu dedans, et on aurait dit qu'elle avait déjà échappé à une poignée de chats plus malins que moi.

Cigogne ne mentionnait jamais mes parties de chasse nocturnes. Elle faisait désormais preuve d'une surprenante détermination à ignorer mon existence. Un matin, je l'ai vue en train de se brosser les dents toute nue dans la salle de bains, et je crois qu'elle m'a vu aussi. Elle n'a pas pris la peine de refermer la porte entrebâillée. Les seules questions qu'elle me posait étaient « Comment ça va ? » et « Tu as bien mangé ? » mais elle n'attendait jamais de réponse.

J'ai de l'estime pour cette faculté à rester en dehors d'une vie.

Bien peu de personnes en sont capables.

11

LE CERVEAU HUMAIN est principalement composé de carbone.

Le carbone a pour inconvénient que les choses qui y sont sauvegardées risquent de se perdre. Le neurophilosophe émérite (moi) donne à ce processus le nom d'oubli.

Au contraire des cerveaux informatiques, les cerveaux humains se transforment. Ils se développent dans un sens ou un autre. Einstein, par exemple, était, comme nous l'apprend la lecture de Kate Marian (*Génie et banalité*, Aufbau Verlag, dix-huit euros), une bille à l'école et pas plus doué pour le reste. C'est tardivement qu'il s'est demandé à quoi ressemblerait le monde s'il chevauchait un rayon de lumière.

Le cerveau de ma mère a suivi un autre chemin. Ce prometteur hypercycle mental est redevenu pure matière, morceau de goudron brûlant et poisseux dans lequel sont engluées les rares pensées qui veulent s'en échapper.

C'était l'impression que j'avais chaque fois que j'observais maman à la dérobée, à genoux, sa baguette de sourcier entre les jambes, en train de trifouiller la pelouse de mon père avec une petite pelle. Ses traits restaient figés, sans vie, on aurait dit que sa main ne lui appartenait pas, elle regardait au fond de la fosse qui commençait à prendre forme comme si le loto y était tiré.

Mais je me trompais.

Ma mère n'avait rien oublié.

Nous n'oublions rien.

Notre carbone crânien conserve tout jusqu'au moment où il part définitivement en fumée, et les souvenirs oubliés depuis longtemps s'éteignent en dernier.

C'était un dimanche caniculaire.

Allongé à l'ombre des bouleaux, je comptais les jours restants.

Un, deux, trois, quatre.

Une plante aux airs de méduse poussait à seulement quelques centimètres de l'endroit où j'étais alité. Par la suite, j'ai appris qu'elle portait le nom de droséra, une espèce carnivore rare vivant sur les sols meubles et humides. Comme elle n'ouvre ses minuscules fleurs en forme d'étoile qu'en milieu de journée, il devait être 13 heures, ou peut-être 13 h 30.

Le bruit monocorde d'une tondeuse à gazon me parvenait de la forteresse, mais je n'y faisais pas attention. Le droséra avait capturé une bestiole. Ça remontait sans doute à plusieurs jours. À l'exception de quelques restes de chitine, la plante l'avait entièrement digérée. Elle semblait affamée. J'attendais (et j'avoue qu'il y a là une gradation perverse) que son appétit soit excité par le moustique qui tentait de calmer sa propre faim sur moi.

La vieille rengaine de la chaîne alimentaire.

Le darwiniste occupé à fredonner gaiement ne s'est donc pas rendu compte qu'un bruit venait soudain de s'arrêter.

Maman est passée à cinq mètres de moi avec la tondeuse à gazon, a mis le cap sur la rive du lac sans ralentir le pas, rassemblé toutes ses forces et envoyé l'engin rouler dans l'eau où, au bout de quelques secondes, il s'est enlisé dans la vase avant de sombrer rêveusement, et c'est là que j'ai pris conscience que son moteur s'était tu depuis plusieurs minutes.

Käthe se frottait les mains d'un air satisfait.

Puis elle est ressortie de mon champ de vision. Le droséra, le moustique et moi-même sommes restés sur place.

Le lac gargouillait.

Je me suis levé pour monter vers la forteresse, foulant l'herbe crissante blanchie par la poussière et la chaleur qui arrivait jusqu'en haut de mes mollets nus. Je ne portais qu'un chino cousu main et un rideau blanc transformé en T-shirt.

Arrivé au pied des remparts, j'ai d'abord cru que la pelouse était intacte. Mais ensuite – elle était juste sous mon nez –, j'ai aperçu la gigantesque croix gammée qui y avait été tracée avec précision, six mètres sur six, jonchée de touffes d'herbe décapitées et de toutes sortes de bestioles en train de se carapater.

Quelques pas plus loin, du fond de sa fosse, Käthe contemplait son œuvre avec satisfaction.

Dans la forteresse, une fenêtre s'est ouverte au premier étage et, en levant les yeux, je suis tombé sur la bouche béante de Stiefi – de loin, impossible de voir si elle était en train de bredouiller quelque chose, mais je ne pense pas que c'était le cas.

J'aurais été bien incapable de répondre à ses questions (« Pourquoi tu ne surveilles pas ta mère ? Comment elle a fait pour mettre la main sur la tondeuse à gazon ? Pourquoi est-ce qu'on donne des congés au jardinier et pourquoi ça tombe maintenant ? »), que j'ai donc éludées en retournant au lac pour entrer dans l'eau d'un pas raide. J'ai extrait l'engin du limon et je l'ai hissé sur la terre ferme. Puis j'ai vidé le moteur plein d'eau et de frai visqueux, et j'ai tiré plusieurs fois pour le relancer, mais en vain.

Personne, moi compris, ne prêtait attention à mes agissements.

J'aurais voulu retourner au droséra. Il devait être en train d'entraîner au creux de son limbe le moustique qui, chagriné par mon absence, ivre de la tumeur de mon sang, s'était laissé prendre au piège par les excroissances rouge vif en forme d'épi sur le pourtour de la feuille qui se refermaient à présent sur lui et commençaient à le dissoudre, lui et ses érythrocytes, ou plutôt mes érythrocytes, pour être précis.

Plongé dans ces pénibles pensées qui ne faisaient pas bon ménage avec la chaleur de midi, j'ai repris le chemin de la pelouse paternelle, entraîné malgré moi dans cette direction, peut-être déjà sur la trace de cette fatalité censée nous attendre à la fin, prête à tous nous engloutir.

De loin, j'ai vu que Cigogne était de retour. Elle avait été à la forteresse et y avait probablement pris un bain, sans quoi je ne m'expliquais ni son turban ni le jaune familier de son peignoir. Elle déversait une fontaine de gestes désemparés sur Käthe qui était assise devant elle, pas spécialement arrosée. La voix de Cigogne était à la fois aiguë et triste.

— Je ne vous comprends pas, madame von Solm. Quel genre de personne êtes-vous ?

— Je suis une chasseuse de trésors.

— D'accord, mais vous avez dessiné quelque chose sur la pelouse !

— Le jardin était horrible de toute façon.

— Mais maintenant, il est encore un peu plus horrible.

— Vous êtes en train de dire que c'est ma faute ?

— Il ne s'agit pas de faute. Il s'agit de compréhension !

— Vous voulez dire que je ne comprends rien à la tonte ?

— Madame von Solm ! Vous avez dessiné une croix gammée sur la pelouse !

— Donc vous avez reconnu ce que c'était ! C'est que je ne m'en suis pas si mal sortie !

En face, sur le perron de la forteresse, le reste de ma famille observait la scène, la bouche encore pleine. On avait été tiré de table au milieu du repas. Des serviettes pendaient des pantalons. Personne n'avait l'air décidé à s'en mêler.

Maman a haussé le ton et, furieuse, crié quelque chose à mon père, qui n'a fait qu'une brève apparition en mastiquant.

— Pourquoi vous criez des choses pareilles ? a demandé Cigogne, consternée. M. von Solm ne vous a rien fait. Ni Mme von Solm.

— Ce n'est pas Mme von Solm ! Ou bien juste Mme von Solm numéro 2 !

— Pourquoi vous criez ça ?

— Pourquoi pas ?

— Ce n'est pas beau !

— C'est bien pour ça que je le crie, parce que ce n'est pas beau !

— C'est faux !

— Oh non, c'est vrai !

— Madame von Solm !

Le visage vide de Käthe s'est rempli. Elle s'est extirpée de son trou. Son corps craquait. Sa main tremblante est passée sur le gouffre de son regard et y a jeté une pelletée de terre avant de se mettre en visière, et d'une voix que je lui emprunte quand je suis concentré, Käthe a évoqué son beau-père qu'elle appelait « le SS Solm ». À cause de ses dents en moins, les trois sifflantes étaient presque conciliantes.

De profil, elle avait l'air tout à fait raisonnable (de mon point de vue), sans doute moins frontalement (du point de vue de Cigogne).

Elle a déclaré que le SS Solm avait été le chef suprême des jeunesses hitlériennes dans le Baltikum, qu'il avait été le lèche-bottes de Heydrich et qu'il avait engrossé son épouse tellement de fois qu'elle avait reçu la médaille d'or de la mère allemande, mais à titre posthume (au lieu de dire « posthume », elle a utilisé un mot que je ne souhaite pas répéter), car la brave femme, au bout de cinq enfants, s'était vidée de son sang d'épuisement. Maman parlait à toute vitesse, comme si elle avait peur qu'on l'interrompe, mais Cigogne se contentait d'écouter, et sur le perron, tout le monde regardait dans les airs d'un air inquiet car non loin au-dessus de nous, un avion volait sans se presser vers l'aéroport de Francfort.

De là-haut, notre pelouse devait avoir l'air assez taboue.

Paniquée, Stiefi a trottiné jusqu'à la maison.

Mon frère s'est écarté de deux pas, a sorti son portable et passé les minutes suivantes à essayer d'acheter une nouvelle tondeuse à gazon par téléphone.

Sauf qu'on était dimanche.

Ma mère ne les a pas regardés une seule fois. Réduisant les S en bouillie les uns après les autres et débitant sa tirade sans s'arrêter pour reprendre son souffle, elle a souhaité à son beau-père, mon Opapa, une mort qui remontait déjà à plusieurs années, chose qu'elle devait ignorer.

— Ce salopard m'a reproché de ne pas éduquer mes enfants académiquement ! Académiquement ! Qu'est-ce que tu dis de ça, Jesko ? Je ne t'ai pas éduqué académiquement, peut-être ?

— Je n'en sais rien, maman, ai-je répondu.

— Tu n'en sais rien ?

— Non.
— Et pourquoi ?
— Je ne suis pas académicien.
Stiefi est ressortie de la maison en courant. Elle avait du linge de table de toutes les couleurs plein les bras. Elle s'est jetée sur Saddam et Khomeyni pour le leur distribuer. Ils se sont précipités tous les trois sur la pelouse pour planquer la croix gammée sous de la dentelle belge, de la toile cirée profane, du lin sage et des serviettes de Noël. À la fin, le moindre pilote survolant la propriété nous aurait crus en plein pique-nique fasciste.
Finalement, le chauffeur a rapporté une faux.

Plus tard, j'ai vu Ansgar s'agenouiller devant Cigogne qui était assise dans l'herbe au loin.
Il a dénoué son turban et, avec la serviette, il a séché son cuir chevelu comme un précieux parchemin égyptien vieux de cinq mille ans devant être débarrassé de la poussière des pharaons. Elle avait les yeux fermés. Leurs lèvres se sont jointes, et il a frotté un peu plus fort, au risque d'effacer des hiéroglyphes, mais ça n'a pas eu l'air de la déranger.
Je suis rentré dans la maison de la tante.
Quand Cigogne est arrivée, ses cheveux étaient parfaitement secs, son peignoir jaune n'était plus là, son téton gauche était encore tout dur, ce que le *crop top* bordeaux qu'elle avait enfilé sans soutien-gorge ne parvenait pas à dissimuler.
— C'était terrible, aujourd'hui, a-t-elle dit, épuisée.
J'étais au piano.
— Comment était ton grand-père, en vrai ? a-t-elle demandé.
Je pianotais le largo du *Concerto en* sol *majeur*.
— À moins qu'elle ait tout inventé ?
— Pose la question à mon frère ! ai-je répondu en continuant à jouer.
J'ai horreur des *crop tops*.
— Il m'a dit de te poser la question à toi.
— C'est de la musique de table, ai-je déclaré. De Georg Philipp Telemann.
Un long silence m'est tombé dessus.

— Peut-être que tu as raison. Ça ne me regarde pas, a-t-elle fini par dire.

J'ai hoché la tête et entamé une pitoyable impro de *Let It Be*, alors que je n'aime pas spécialement les Beatles.

— Dans ma famille, a-t-elle poursuivi, on s'y prendrait différemment.

— Pour quoi ?

— Pour tout.

— C'est une famille qui a réussi ? ai-je demandé.

— C'est quoi, une famille qui a réussi ?

— Une famille qui a réussi, c'est une famille qui a réussi !

Elle m'a dévisagé. De toute évidence, je ne m'étais pas exprimé assez clairement.

— Dans une famille qui a réussi, ai-je expliqué, il n'y a pas d'infirmières. Et pas d'éboueurs non plus.

Je ne sais pas pourquoi je suis comme ça. Je ne voulais pas me défouler sur elle. C'était peut-être à cause des Beatles.

Alors qu'elle était au lit à lire à l'aide d'une petite lampe au nord de ses cheveux et que maman ne donnait plus signe de vie, je suis entré sans toquer dans la chambre de Cigogne. À la manière particulière qu'elle a de tourner les pages de son livre sous votre nez, on comprend clairement qu'on n'est pas le bienvenu, il n'y a qu'à voir comment elle frictionne chaque page entre le pouce et l'index comme pour vérifier que c'est bien du papier. Je tourne les pages de mon Sénèque autrement, un peu comme je tourne celles du *Glamour* de Marie-Lou, je l'avoue. Cigogne ne lit ni l'un ni l'autre. Elle lit plutôt des livres avec des titres comme *Va où ton cœur te porte* ou *Aime au lieu de ruminer !*.

Je voulais aller au frigo, mais je me suis immobilisé devant son lit.

Elle n'est pas du genre à dire « Dehors ! » ou « Casse-toi ! » quand on se pointe devant elle d'un air penaud. Elle a fini par lever les yeux, a laissé tomber son livre (dont la couverture était ornée d'un dragon rouge) et caressé le long duvet de ses bras qui n'arrêtait pas de se redresser.

J'ai proposé de lui montrer la mosaïque « *Blut und Boden* », qui veut dire « sang et sol ». Elle se trouve de l'autre côté de la forteresse, dans le rayon luxe de notre jardin où nous pénétrons rarement.

Cigogne a demandé ce qu'était une mosaïque *Blut und Boden*.

J'ai répondu que c'était le moyen de comprendre comment une famille qui a réussi s'y prend.

Pour quoi ?

Pour tout.

12

IL Y A DIX ANS, juste après l'indépendance des États baltes, mon père avait voulu que je voie l'endroit où il était né, sauf qu'il n'avait que vingt-quatre heures devant lui.

Nous avions atterri à Tallinn à bord d'un jet privé. Devant l'aéroport, une Lada noire que nous avions réservée par l'intermédiaire de l'agence de voyages attendait. Le chauffeur était estonien et s'appelait Luv. Il nous avait raconté que Tallinn était le tumulus d'un géant que Linda, son épouse, avait fait tomber de son tablier.

Au bout de dix minutes, nous savions également que Luv possédait un revolver avec lequel il avait tué deux Russes. De toute évidence, il tenait à ce qu'en plus d'être bien renseignés, nous nous sentions en sécurité avec lui. Il était maigre et tanné par le soleil, et ses cheveux peignés vers l'arrière s'enroulaient sur sa nuque en une spirale grisonnante et luisante de graisse. Il avait parlé sans s'arrêter pendant toute la durée du trajet.

Nous avions emprunté l'unique autoroute direction Narva et traversé un paysage plat tacheté de minuscules forêts.

À Johvi, nous avions bifurqué vers la côte.

Nous roulions sur des routes toutes droites en terre battue, flanquées de barrières en bois, semées de nids-de-poule que Luv évitait soigneusement.

Plus nous approchions de la mer, plus la campagne rouillait. Nous étions passés devant une centrale électrique mangée par la rouille.

Quand nous étions descendus de voiture, j'avais passé un doigt sur le capot. Il avait un goût de sel.

Nous avions fixé la mer Baltique.

Ici, les falaises tombent à pic dans la mer, et dans leur dos, à seulement quelques kilomètres du rivage, se trouve le domaine Solm, qui s'appelle aujourd'hui Solmula et que mon père voulait me faire découvrir. Il n'avait pas vu l'endroit depuis cinquante ans. Pendant l'occupation soviétique, il lui était impossible de venir. On l'aurait arrêté.

Nous avions acheté de la viande d'élan fumée à un marchand ambulant.

Comme la plupart des paysans estoniens, il portait un chapeau pour se protéger du soleil.

À notre arrivée sur le domaine de ses ancêtres, mon père avait coupé son portable. Selon Luv, il y avait encore des ours dans les environs de Maidla, mais pas aussi loin au nord.

Des molécules d'air marin tombaient sur un petit château terne et vieux de cent soixante ans qui avait surgi sous nos yeux après un dernier virage.

Une fois la poussière retombée, nous nous étions rendu compte qu'il était cerné par les cabanes en tôle ondulée d'un ancien kolkhoze. Les baraquements s'étaient agglutinés comme de la mousse sur la façade érodée. Le vaste parc était en friche, les arbres avaient été abattus. L'aile principale du château tombait en ruine, le toit était à moitié effondré. Seule l'aile latérale avait l'air plus ou moins intacte et semblait abriter une petite école primaire. Les enfants des baraquements voisins babillonnaient à l'intérieur du vestibule.

Gebhard avait demandé à Luv de nous attendre dans la voiture.

Enfin, le silence s'était fait.

À travers les fenêtres brisées, nous avions regardé à l'intérieur de la ruine : l'érosion avait depuis longtemps fait disparaître les Solm des murs. Une nuée de papillons bruns s'était élevée du parquet solmesque arraché. Le salon était un labyrinthe de placo. Dans l'ancien fumoir trônait un tracteur sans roues désossé.

Aussi loin que nos pas nous menaient, Gebhard peinait à reconnaître les lieux. Même la rivière où, enfant, il pêchait des écrevisses n'était plus là.

En désespoir de cause, il s'était mis à chercher le cimetière familial, les sépultures de nos ancêtres. Il avait fait chou blanc et supposé qu'en raison de l'importance nationale des personnes enterrées (parmi lesquelles figuraient 1 explorateur polaire, 1 gouverneur d'Alaska, 2 amiraux, 1 maréchal), on avait fait déplacer les tombes.

Il avait arrêté une écolière.

Faute de le comprendre, elle avait pouffé de rire et nous avait conduits jusqu'à l'école où se trouvait une professeure d'anglais très timide et réservée qui parlait à peine la langue qu'elle enseignait.

Gebhard lui-même parle un très mauvais anglais, mais il a bien en tête le mot *cemetery* (« cimetière ») parce qu'il ressemble à *cementery* (« cimenterie »). Voyant que ça ne lui était d'aucune utilité avec la professeure qui n'avait pas non plus de *dictionary*, il avait juré. La professeure se contentait de le regarder aimablement, la lèvre pendante. L'estonien ne connaît pas l'injure. La pire insulte de cette langue, c'est « serpent noir ».

Pour éviter de devoir faire appel à l'intarissable Luv comme interprète, j'avais essayé de mimer des tombes, et la femme avait éclaté de rire, ce qui l'avait rendue soudain jolie. Les écoliers curieux massés autour d'elle l'avaient imitée, et la professeure était partie chercher dans l'armoire de la salle de classe une grande assiette en bois sur laquelle était posé un gâteau aux pommes à la russe. Avec une révérence, elle nous en avait offert une part, à mon père et à moi, et tandis que nous nous servions – moi avec docilité et papa sans rien comprendre – et mordions dedans, la jeune Estonienne nous avait entraînés dehors, et un cortège d'enfants au silence fébrile nous avait emboîté le pas.

Devant un petit bois se trouvait un four à ciel ouvert. Nous l'avions aperçu avant, mais sans y prêter attention.

La professeure s'était immobilisée à trois mètres de distance et avait désigné d'abord l'intérieur du four, puis nos parts du gâteau qui en était visiblement issu.

Tandis que mon père avalait les dernières miettes de son gâteau aux pommes à la russe, elle pointait frénétiquement du doigt le four plein de suie et noirci par la fumée, et c'est là qu'il avait compris : il avait trouvé les tombes de ses ancêtres.

C'était avec elles, par blocs entiers ou en petits morceaux, que le four avait été construit, et l'épitaphe du grand maréchal Ferdinand von Solm, qui avait occupé Constantinople pendant la grande guerre russo-turque, avait été divisée en huit fragments de taille égale et transformée en bordure.

Ensuite, mon père avait téléphoné à différentes personnes.

À entendre sa voix, on aurait dit qu'il avait la gorge prise.

Nous avions acheté le four tel quel, et papa avait offert à la professeure une cargaison entière d'*English Grammar School*.

Luv et moi avions passé les trois heures suivantes à extraire du four les pierres tombales entières ou en morceaux à coups de masse. Des enfants estoniens pleuraient parce qu'ils n'auraient plus de pain frais ni de gâteaux.

La Lada noire s'était retrouvée tellement chargée que l'essieu avait failli casser tandis que nous retournions cahin-caha à l'aéroport avec toutes nos pierres. Luv ne disait plus que des phrases sans queue ni tête, il se concentrait pour ramener sa voiture entière à Tallinn, et parler l'y aidait.

Les gravats nous avaient rapprochés, mon père et moi, nous qui, le reste du temps, nous entrechoquions comme des éboulis. Et dans cette disposition d'esprit, assis sur les débris de toute une famille, alors que la nuit tombait, Gebhard avait chuchoté que c'était une bonne chose qu'Opapa ne voie pas tout ça.

— Oui, avais-je dit.

— À ma naissance, il était en prison.

La phrase tranchait tellement avec ce qui venait de se passer, avec la situation, avec tout ce à quoi je m'attendais qu'elle avait mis quelques secondes à m'attraper. J'avais jeté un coup d'œil à mon père, dans l'attente d'une blague qui aurait escamoté ces paroles. Sans me regarder, papa observait l'extérieur, les lumières annonçant la capitale qui commençaient à briller à l'horizon vitreux.

— Opapa était prisonnier politique, avait-il poursuivi. Il combattait l'État estonien. Comme la plupart des Baltes. Et plus tard, après avoir fui en Allemagne, il est entré dans la SS. Beaucoup de personnes le lui ont reproché. Mais tout le monde n'a pas la chance de pouvoir servir un tsar comme les gens ici.

Il jouait avec un morceau de calcaire rond.

— C'était quelqu'un de formidable, ton grand-père. Oui, quelqu'un de formidable.

Luv avait dû éviter un char blindé abandonné sur l'autoroute.

Les larmes aux yeux, mon père s'était tourné vers moi et m'avait dit quelque chose qui me semble aujourd'hui important.

— Quoi que fasse un père, Jesko, un fils n'a pas à le juger. Il n'a pas à le juger. Opapa était un grand homme, un très grand homme. Les gens peuvent bien le traîner dans la boue autant qu'ils veulent, ça ne m'atteindra pas. Et toi non plus, mon fils, j'en suis sûr.

Luv nous avait conduits jusqu'à l'avion. Nous avions chargé les pierres dans la soute. Les douaniers étaient restés bras ballants.

Le dernier souvenir que j'ai de Tallinn, c'est le silence de notre chauffeur quand, en guise de pourboire, mon père lui avait solennellement tendu un morceau de calcaire provenant d'une sépulture familiale sans date.

Par la suite, il avait déchargé tous les restes minéraux dans son jardin. Il avait fait venir un expert italien de Vicence qui, comme par enchantement, avait transformé les gravats en une élégante mosaïque circulaire (que j'appelle la mosaïque *Blut und Boden*) qui accueille notre salon de jardin quand viennent des personnalités haut placées susceptibles d'être impressionnées par notre généalogie.

Parmi ces décombres se trouve notamment une minuscule croix en grès parfaitement conservée avec mon nom écrit dessus casée au bord de la mosaïque.

« Jesko von Solm. 1876-1878 ».

Ce dérisoire Jesko avait atteint l'âge de deux ans.

Il n'avait pas découvert l'île Ansgar von Solm.

Il n'avait pas occupé Constantinople.

Il n'était pas tombé sur un champ de bataille historique.

J'avais le sentiment qu'il n'était venu au monde que pour me couvrir de ridicule.

À ce jour, je ne suis jamais retourné dans le Baltikum.

13

JE ME FAISAIS à Cigogne.

Elle était d'une gentillesse grotesque, mais elle n'était pas fatigante. Elle n'exhibait pas sa gentillesse, ce qui est d'ordinaire la répugnante caractéristique des personnes gentilles. Elle avait l'air légère, légère comme si, d'un instant à l'autre, elle allait déployer ses ailes pour se mêler aux papillons, et je n'aurais rien senti si elle était venue se poser sur mon épaule.

Et dans ces conditions, ça ne me dérangeait pas.

Ce soir-là, elle a foulé la mosaïque *Blut und Boden* de ses pieds nus et plats, a caressé pensivement les noms gravés avec ses orteils, est restée un long moment plantée sur un maître de cavalerie, peut-être à cause de la chaleur emmagasinée dans le basalte qui a chauffé ses plantes de pieds jusque bien après minuit.

À partir de ce moment-là, elle ne m'a plus posé de questions, en tout cas rien de compromettant, d'accablant, de balte.

Jamais nous ne parlions de choses importantes, et nous évitions de le faire, comme si ce qui était dicible avait été dit.

Une ou deux fois, elle m'a demandé comment Ansgar était enfant, et je lui ai parlé des vêtements qu'il portait. Ça a eu l'air de lui suffire, elle a ri sans insister, elle non plus ne voulait pas être sondée. Son rire, ce rire indien, était celui d'une rescapée, facilement inflammable. J'ai rarement entendu un rire comme ça durer si peu de temps.

Au bout du septième jour, je faisais des choses pour qu'il dure le plus longtemps possible. Je me suis mis à être plus ou moins drôle, voire stupide, quand elle était dans les parages. Il m'arrivait moi-même de ricaner, c'était le premier ricanement de cette année, et j'avais l'impression de cracher des petits bouts de rouille.

Nous avons commencé à nous tourner autour au fil de nos conversations futiles.

Nous parlions cinéma.

Je faisais en temps limité la promotion de documentaires qui, comme *Le Piège de l'ozone*, me semblaient valoir le détour (par exemple *Microbes de Mars – un artefact* d'Henri Latour ou *Voyage à l'intérieur des trous noirs* de Marianne Beglau).

Elle, elle aimait bien Johnny Depp, qui doit répondre à quatre questions dans *Don Juan DeMarco*. Qui est Dieu ? Qu'est-ce que le péché ? Elle avait oublié les autres. Mais les quatre avaient la même réponse.

L'amour.

— Je suis vraiment cucul la praline, a-t-elle dit en avouant son faible pour les comédies romantiques.

Elle était donc tout l'inverse de moi, et pourtant, nous finissions par nous rencontrer, au moins un peu.

Quand le jeudi est arrivé et que nous avons débarqué de bonne heure dans la clinique de Mannheim pour notre rendez-vous avec le professeur Freundlieb, je me suis promis d'agir selon la phrase que j'avais surlignée dans mon livre bleu : « L'état d'esprit dans lequel tu te présentes est plus important que l'endroit où tu vas. »

Dans une tentative pour rester serein et de bonne composition, avec une touche de flegme à la romaine, je suis resté plusieurs heures posé sur un banc dans le couloir « Médecine interne IV » sans mettre de bâton dans quelque roue que ce soit.

Cigogne était de garde et passait nous voir de temps en temps.

Käthe était couchée sur un lit à roulettes dans le couloir. Sa vue m'inspirait un grand besoin d'élégance. Ses cheveux étaient emballés dans un plastique de la même couleur que la perfusion. Elle était déjà en tenue d'opération, une de ces blouses vertes déprimantes ouvertes à l'arrière pour que la crête iliaque soit facilement accessible. Trois ou quatre entailles. Une pelle à tarte pour écarter la peau. En dessous, des os, du sang, une masse gélatineuse.

— Je veux une saucisse !

— Calme-toi, maman.

— J'ai faim ! Je veux une saucisse !

— Dès que tu seras sortie du bloc, tu pourras manger.

— Peut-être que je ne sortirai pas du bloc !

— Bien sûr que si.

Comme je la regardais, mon œil intérieur (sans doute pour se protéger) a pris la couleur de la dernière collection Dior sur laquelle j'avais dû écrire un article.

— Quand tu te réveilleras de l'anesthésie, on te mettra dans la voiture et on rentrera à la maison, a promis ma voix qui commençait à glisser de son coussin de plumes de cygne.

— Où est passé Ansgar ? a-t-elle demandé.

— Je t'ai dit qu'Ansgar ne pouvait pas.

— Ansgar ne m'aime pas.

— Bien sûr qu'il t'aime.

— Il me déteste. Il ne me donnerait jamais de saucisse !

Le sas du bloc opératoire s'est ouvert dans un sifflement et Cigogne nous a rejoints. Malgré sa démarche manquant un peu de souffle, elle aurait toute sa place dans la collection Dior que je continue à abhorrer. Je me suis demandé si la richesse d'Ansgar allait la décourager.

— On va bientôt y aller, a-t-elle déclaré avec entrain.

— Je veux manger maintenant ! s'est écriée Käthe en se redressant dans son lit. Ta mère veut manger maintenant ! Elle veut manger de la saucisse !

— Maman, ce n'est pas possible ! Tu entends ce que je te dis, oui ou non ? On n'a pas le droit de manger avant l'opération !

— Dans ce cas, je ne me ferai pas opérer !

— D'accord, comme tu veux !

— Je suis sérieuse !

— Rien à foutre ! ai-je répondu en me levant pour m'éloigner.

Au fond du couloir, des patients en peignoir à fleurs ont viré de bord. Käthe a sauté de son brancard, repoussé les mains inquiètes de Cigogne et arraché sa charlotte. Puis elle m'a emboîté le pas clopin-clopant en traînant sa perfusion derrière elle.

— Tu vas t'en mordre les doigts !

— Je m'en fous, maman ! Ne compte pas sur moi pour te supplier !

— D'accord, je vois ! a-t-elle répondu à bout de souffle. Tu fais bien de me le dire. Sans ça, j'aurais peut-être eu mauvaise conscience...

— Oui, va continuer à retourner le jardin ! Tu es débile, maman ! Tu es cinglée ! Sauf que personne n'ose te le dire !

— Arrêtez ! a lancé de loin Cigogne qui prenait visiblement sur elle.

Maman a fait volte-face et rebroussé chemin au pas de charge, tête baissée et menton rentré. La perfusion glougloutait et bringuebalait derrière elle comme un jouet pour enfant. Une ligne humide se dessinait sur le carrelage.

— J'ai hâte de voir comment il va s'en sortir sans ma moelle osseuse, a-t-elle braillé. Vraiment hâte.

Malgré ces années passées dans l'isolement, la solitude et autres habits faits maison de l'existence, j'ai été envahi par un sentiment de déracinement, un sentiment écrasant d'arrachement comme je n'en avais connu que lors de voyages datant d'il y avait bien longtemps et, tel un escargot sans coquille, j'ai pilé, pivoté sur moi-même et crié :

— Tu mourras avant moi, maman. Crois-moi !

Puis l'escargot nu s'en est allé se faire saupoudrer de sel.

Comme bien souvent, le flegme à la romaine avait fait long feu.

Plus tard, Cigogne est venue me voir.

J'étais assis sur le rebord en pierre d'une fontaine avec les genoux écartés. Ils tremblaient si fort que j'ai fini par les serrer.

Cigogne s'est assise à côté de moi.

Pour oublier la frousse de mes genoux, nous regardions le jet d'eau qu'un poisson en bronze crachait sur deux de ses congénères, eux bien réels.

Des nuages gris flottaient au-dessus du parc de la clinique, les premiers depuis mon arrivée, toute une armada de nuages que les hirondelles esquivaient.

Cigogne avait dû mordre la poussière, accepter qu'on lui plante un pied sur la nuque et faire remonter le Nil bleu à la barque de Cléopâtre pour amadouer ma mère. J'aurais mis ma main à couper que son ego en avait pris un coup, mais Cigogne a simplement dit que maman avait changé d'avis et était désormais au bloc opératoire.

Dieu merci.

Elle n'a rien ajouté.

Les nuages se sont épaissis et nous avons passé une éternité à jouer à la bataille navale en traçant nos mers dans le gravier avec des branches que je cassais.

On trouve toujours quelque chose à casser.

Souffrance, destruction, illusion, fureur : voilà les maillons de la chaîne qui te retient. Tu t'écorches la peau, mais tu sais qu'une blessure légère est ce qui peut t'arriver de mieux sur cette terre.

Le portable d'Ansgar a sonné. J'ai décroché. C'était mon père qui m'a dit de venir à son bureau sans tarder. Il y avait urgence.

Quand j'ai levé les yeux, une première goutte d'eau tombait en D4.

Cigogne a promis de s'occuper de Käthe.

Soulagés, mes genoux se sont mollement écartés.

14

L'ANCIEN CHEF de mon père, que tout le monde appelait « le Général » en raison de son passé militaire, avait perdu une jambe pendant la Seconde Guerre mondiale. Il marchait avec des béquilles et n'avait pas de prothèse. Sa cuisse était trop abîmée pour qu'il en ait une, son moignon s'enflammait facilement et, emballé dans une jambe de pantalon nouée, ballottait à chaque pas comme un pendu.

Ce que le Général détestait le plus, c'étaient les employés qui lui rappelaient sa blessure en lui ouvrant les portes, le sortant du paternoster comme un nouveau-né ou venant à son secours d'une manière ou d'une autre. Le Général prenait un malin plaisir à écarter subtilement et en un éclair lesdits employés au moyen de sa faculté à accabler les gens de tâches trop lourdes pour eux.

Au sein du personnel, l'épouse du Général était connue sous le nom de « Mme Oléolé ». Petite et gracile, elle adorait danser sur les musiques sud-américaines, surtout la salsa, le tango et le cha-cha-cha – autant de danses difficiles à pratiquer avec un unijambiste.

Pour les employés des Cimenteries du Sud SA, il n'y avait rien de pire que d'être victime de la frénésie syncopée de Mme Oléolé à l'occasion d'une des fêtes de l'entreprise, notamment celle de Noël. La señora, le pas décidé, conquérante, insatiable, jetait alors systématiquement son dévolu sur les subalternes les plus fringants de son mari qui restait au bord de la piste de danse à les regarder, souriant comme un banc de piranhas affamés.

Tous les chefs de service susceptibles de faire l'affaire transpiraient sang et eau et allaient se pelotonner dans les recoins les plus sombres dans l'espoir d'être épargnés – car une fois entraîné sur la piste de danse par Mme Oléolé, on pouvait dire adieu à sa carrière.

Un jour, à la quatrième rumba qu'il se voyait forcé de danser avec elle, mon père avait eu l'intelligence de lui casser l'orteil du milieu. À cet effet, il avait préalablement fixé des arêtes en métal sous ses semelles.

L'épouse du Général avait subséquemment enduré de telles souffrances qu'elle n'avait pas pu mettre le pied par terre pendant des semaines.

C'est entre autres pour cette raison que son mari avait fait de mon père le directeur et associé de la société, ce qui n'est pas une affirmation gratuite de ma part, mais une anecdote que papa raconte lui-même volontiers quand il est d'humeur joviale.

Et c'est une des raisons, et pas la moindre, pour lesquelles, quelques années plus tard, dans le vieux gâteau sableux des Cimenteries du Sud, a été découpée la généreuse part SOLM CIMENT SA.

Les arêtes en métal auraient donc dû être mises à l'honneur dans le bureau de papa, dorées, exposées derrière une vitrine, éclairées comme il se devait. Mais à la place, il n'y avait dans la pièce que des sculptures sans intérêt, et aux rares murs étaient accrochées des photos montrant toutes les manières dont le ciment peut amocher une maison.

Même le fauteuil dans lequel je me suis assis était en ciment.

J'ai regardé dehors, ce qui n'était pas compliqué car le bureau n'était composé à peu près que de fenêtres, histoire qu'on n'oublie pas qu'on était au huitième étage. En bas s'étendaient les bâtiments de l'usine, le broyeur, l'entrepôt de clinker, l'entrepôt de plâtre et les silos de ciment, à perte de vue.

Mais la vue ne se perdait pas très loin, car des trombes de pluie grise se déversaient sur les vitres, estompant les contours de la forêt du Palatinat qui, quand la visibilité était meilleure, verdoyaient à l'horizon. Le plafonnier était allumé car dehors, le ciel était sombre, sombre et menaçant, des stries de ciment et de pluie qui cinglaient la vitre.

Mon père et Ansgar m'attendaient.

Papa trônait derrière son bureau en acajou. Le teint pâle, les yeux rivés au sol, Ansgar faisait les cent pas à travers la pièce. Sur la table en verre était posé un magazine de management intitulé *Diriger par le rire*.

J'ai demandé ce qui se passait.

Mon père a commencé par les platitudes habituelles, mais après avoir un peu tourné autour du pot, il a laissé entendre qu'il s'agissait d'une divergence d'opinions entre lui et Ansgar.

Puis il m'a demandé de but en blanc si je savais que mon frère allait se marier.

— Félicitations, ai-je répondu d'un ton blasé. Cigogne va être contente.

— Je ne sais pas.

— Oh si, le mariage, ça compte pour elle. J'en suis sûr.

J'ai entendu le raclement de gorge caractéristique de mon frère à côté de moi.

— Je ne me marie pas avec Cigogne, a-t-il déclaré sans me regarder.

Une bourrasque de pluie a fouetté une benne en tôle vide, en bas, au pied du bâtiment. On l'a entendue basculer sur le bitume dans un bruit de ferraille. J'ai fait ma tête la plus bête, je me suis gratté le menton et me suis tourné vers mon père.

— Il ne se marie pas avec Cigogne ?

— Non, a répondu mon père d'un ton satisfait, il se marie avec quelqu'un d'autre. Comment elle s'appelle, déjà ?

Ansgar a soupiré.

Puis il a expliqué qu'il était dans l'impasse. Depuis un certain temps déjà, il avait renoué avec son ancienne petite amie (« Oui, oui, Jesko, la nana de la télé, avec les dents de lapin »), une relation intense et privilégiée. Il comptait en informer Cigogne depuis un moment, sauf qu'il y avait eu l'histoire de maman (et là, il s'est à nouveau raclé la gorge).

Et comme Cigogne était infirmière, il n'avait pas voulu précipiter la rupture.

— Sinon, elle ne se serait plus occupée de maman, tu vois…

Mon expression était indéchiffrable.

Raison pour laquelle mon père a jovialement opiné du chef et résumé la chose en disant que Cigogne participait rarement aux évènements mondains, ne s'intéressait guère au tennis et n'avait, qui plus est, aucun lien de parenté avec la famille royale d'Angleterre.

Mais je ne veux pas être de mauvaise foi.

En vrai, papa a dit en gros ce qui suit :

— Cette situation doit être très pénible pour toi, Ansgar. Et je comprends que tu veuilles à présent y mettre fin. D'autant plus qu'avec Käthe, cette infirmière...

Je n'ai pas compris la fin de la phrase, car il l'a prononcée d'une voix tellement sourde qu'elle s'est perdue dans la pluie.

— Mais si Jesko se retrouvait seul d'un coup, ce ne serait pas facile de s'occuper de ta mère. N'est-ce pas, mon petit ?

Sa voix était remontée.

J'étais tellement abasourdi que je n'ai pas réussi à répondre.

— Je te conseille vivement de ne pas agir trop précipitamment, a repris mon père en se tournant vers Ansgar. Attendons encore quelques jours avant de lui annoncer la nouvelle. Le temps que les résultats de la ponction soient disponibles. Une semaine de plus ou de moins, ça ne changera pas grand-chose à l'affaire.

— Tu sais ce que j'ai l'impression d'être ?

— Je m'en doute bien, mon cher fils. Mais c'est toi qui t'es mis dans ce pétrin ! Et nous ne voulons pas non plus que quoi que ce soit s'ébruite. Pense à la compagnie, je te prie.

Le visage d'Ansgar était aussi morne qu'une place déserte. Il s'est passé la main dans les cheveux.

— Mais je suis vraiment ravi que tu te maries enfin, a conclu papa. Et qu'est-ce que ses parents font de beau ?

Quand je suis rentré à la maison avec mon frère, blotti dans le cuir souple de sa Rover Seventy-five (à contrecœur, il m'avait laissé faire quelques tours sur un parking), il y avait entre nous un fossé de doute et de souffrance. Chacun était triste à sa manière. L'essuie-glace crissait pour rien. L'averse était terminée. La campagne était à nouveau embuée, et le ciel se déchirait.

J'ai dégainé mon livre bleu pour en lire quelques passages à voix haute, mais Ansgar n'avait pas envie d'écouter des leçons de morale vieilles de deux mille ans. Il a balancé Sénèque par la fenêtre.

— Tu es la personne la plus répugnante qui soit, ai-je aimablement déclaré, et ne laisse personne te faire croire le contraire.

Nous avons mis un moment à retrouver le livre dans le champ de maïs. Il gisait sur une motte de boue. Après ça, Ansgar a refusé de remonter en voiture, il est resté planté les mains dans les poches au milieu du maïs environné de brume.

C'était du maïs fourrager, mais ça ne nous a pas empêchés d'en casser quelques épis, comme autrefois.

Et nous avons fini côte à côte à grignoter des grains, l'humidité pénétrait jusque dans nos chaussures, et je me suis rendu compte que nous faisions la même pointure.

Je l'ai suivi du regard, encore en train de mâchonner, tandis qu'il laissait dans son dos la villa où il m'avait déposé en silence.

Je me suis dirigé vers le portail.

Dans le jardin, du linge était suspendu en contrebas, sur la corde tendue entre les bouleaux. C'étaient les nappes et les serviettes à l'aide desquelles la pelouse avait été neutralisée quelques jours plus tôt. Dans le regain de chaleur, elles dégageaient une vapeur jaune à travers laquelle on apercevait Cigogne en train d'essorer le linge. Sa silhouette. Ses mains vigoureuses.

En me voyant, elle a fait un geste que je ne suis pas près d'oublier. Au lieu d'étendre sur la corde la boule humide qu'elle avait à la main, elle l'a tout doucement posée autour de son cou avant d'en attraper les deux extrémités, comme un boxeur nonchalant qui a gagné un combat décisif, jusqu'à ce que j'arrive devant elle. Et là, elle a retiré les pinces à linge de sa bouche.

— Elle ne voulait pas rester, a-t-elle dit dans un sourire en désignant maman qui était endormie sur la chaise longue à côté d'elle.

Je l'ai écoutée tout me raconter.

L'intervention de ce matin s'est bien passée, ta mère doit encore se ménager, une petite semaine, et on aura les résultats, peut-être avant, peut-être après. Qu'est-ce qu'il y a, tu ne te sens pas bien ? Pourquoi est-ce que Sénèque est sale et mouillé comme ça ? J'ai un poids en moins sur les épaules. Et toi ? Finalement, tout s'est bien passé...

J'ai dit à Cigogne qu'elle n'était pas obligée de rester dormir, que je m'en sortirais bien seul avec ma mère pour une nuit. Son sourire reconnaissant m'a forcé à détourner les yeux. Elle a enlevé la serviette de sa nuque, pris mon portable et appelé Ansgar. Pour lui annoncer la bonne nouvelle.

— On pourrait peut-être faire un truc ensemble, mon chou ? Un ciné ou quelque chose comme ça ? (Sa voix n'était manifestement pas assez contractée pour un non.) Jesko m'a dit qu'il y avait un film avec Johnny Depp. (Inspirer, expirer.) Trop bien !

J'avais l'impression d'être une calotte polaire qui fond lentement pour faire le malheur des hommes.

15

C'ÉTAIT TÔT le matin.

Maman criait.

J'ai ouvert les yeux.

Quand je suis arrivé dans sa chambre, elle était assise en tailleur par terre et se coupait les cheveux. À chaque coup de ciseaux, elle criait.

Je suis allé ranger les ciseaux dans la cuisine. De là, j'ai entendu la porte coulissante de la véranda s'ouvrir. Et maman a sauté dans le lac en me criant de lui cracher dessus, qu'elle ne valait rien, qu'elle était un canard colvert. J'ai sauté à sa suite pour la sortir de l'eau. Elle ne s'est pas débattue.

Dans le coin cuisine, j'ai aperçu une bouteille vide d'Aquavit.

Je me demandais où maman avait bien pu la dégoter.

Elle ne voulait pas que je la sèche. À la place, j'ai attendu qu'elle soit bien transie de froid. Je l'ai plantée là pour aller lancer le café.

À mon retour, Cigogne était dans la pièce, sortie de nulle part, dans sa tenue à la Cyndi Lauper. Bizarrement, il ne lui restait qu'une de ses affreuses boucles d'oreilles colorées. Sa petite valise montait la garde à la porte de la véranda encore ouverte par laquelle elle était entrée comme par magie. Elle avait déjà retiré ses vêtements humides à Käthe et lui frictionnait le torse comme si elle avait du papier de verre et non pas une serviette-éponge entre les mains.

Käthe s'était métamorphosée en David Copperfield, l'orphelin pauvre et innocent de Charles Dickens, jusqu'à l'expression anglaise du visage. Elle m'a gratifié d'un regard hargneux qui voulait dire « Tu vas te prendre un savon ».

— Enfin, tu as perdu la tête ? s'est effectivement emportée Cigogne. Tu ne peux pas laisser ta mère en plan comme ça. Elle va attraper une pneumonie ! Et on n'a pas le droit de se baigner si peu de temps après une opération !

Maman a hoché la tête.

— Qu'est-ce que tu fais ici, Cigogne ?

— Pourquoi elle est ivre ? Où est-ce qu'elle a trouvé l'alcool ?

— Qu'est-ce que tu fais ici ?

— J'enrage !

— À cause de ce qui vient de se passer ou, ou… de manière générale ?

— Quoi ?

— Eh bien, comment c'était, hier… Johnny Depp ?

— C'était trop violent pour moi. On a fini par aller voir autre chose. L'histoire d'une Française qui aide son gentil voisin à Montmartre. Des yeux à tomber.

— Et qu'est-ce qu'a dit Ansgar ?

— À propos du film ?

— À propos de toi.

— Plein de choses.

— Rien de, euh, particulier ?

— Qu'est-ce qu'il y a, Jesko ? Vous avez bu ensemble ? C'est pour ça que tu voulais te débarrasser de moi, pour que les souris dansent ? Si tu crois que je ne suis pas capable de me mettre en colère, tu te fourres le doigt dans l'œil !

— Donc Ansgar n'a rien dit de particulier, c'est ça ?

— Bon sang, qu'est-ce que tu veux savoir ? S'il m'a fait une surprise ?

— Oui, on peut dire ça comme ça.

Elle a réfléchi.

Puis elle a entortillé la serviette autour de la tête de Käthe qui était désormais sèche, a tourné les talons et est allée à la porte de la véranda. Elle s'est penchée, a ouvert sa valise, hésité, m'a jeté un regard avec une tranche de colère résiduelle à l'intérieur. Puis elle est revenue se planter devant moi. Elle avait à la main une surprise : une sublime robe en soie rouge qui rend invincible.

Pendant que maman et moi la fixions, elle a déclaré que c'était une pièce de Joop qu'Ansgar lui avait offerte la veille au soir, nous n'avions qu'à regarder.

Avec aplomb, elle a retiré son pull, mais elle n'y est pas complètement arrivée. Le col s'est pris dans sa boucle d'oreille orpheline, elle s'est retrouvée aveuglée et un peu désorientée. Elle a titubé, les mains en l'air comme en signe de capitulation, en faisant glisser le col sur ses yeux centimètre par centimètre, et j'ai profité qu'elle n'y voie plus rien pour contempler la constellation de son corps : les aisselles nues dont le rasage laissait à désirer, les trois grains de beauté au sud de sa clavicule et ses petits seins dans sa brassière de sport blanche.

Puis le pull a volé dans un coin.

Elle s'est extirpée de son jean ridicule style années 1980 en nous tournant à moitié le dos, et d'une culotte Tom et Jerry délavée a surgi la virgule sombre de son cul. Il n'était pas spécialement petit, et si on appuyait le pouce dessus, il était possible que ça fasse de petites taches parme qui disparaîtraient aussitôt. Malgré tout, c'était un joli cul. Sa taille était très étroite, et ses jambes étaient longues et coniques mais prématurément vieillies par des genoux pointus, car ce genre de genoux vous fait prendre de l'âge, et il aurait mieux valu que l'ourlet de la robe rouge les couvre, sauf que Joop déteste ça. Une rivière de soie descendait de ses épaules à ses cuisses, et elle a demandé comment ça lui allait, et ça lui allait vraiment à ravir, d'autant plus que j'ai déjà travaillé pour Joop et que j'aime bien ce qu'il fait. Depuis le début, ses longs bras ballotaient de tous les côtés, comme pour se débarrasser des dernières gouttes d'eau après un lavage de mains, mais à mon compliment, ils se sont figés, et ma mère a dit qu'elle aussi voulait une robe comme ça.

À la place, Cigogne lui a apporté les affaires que j'avais cousues ces derniers jours.

Je suis allé chercher le café dans la cuisine.

Je ne sais pas pourquoi, mais l'idée que mon frère n'arrivait pas à faire table rase me donnait la plus mauvaise conscience du monde.

La robe comme substitut du désir compte parmi les rêves élémentaires de l'être humain. Mais avec son cadeau, Ansgar transformait ce rêve en linceul.

Il utilisait la couleur rouge à mauvais escient.

Je me suis promis de faire suivre mon article sur le blanc et le noir (qui auraient bien mieux servi ce dessein funéraire) d'une étude de plusieurs pages sur le rouge tragique.

Et tant pis pour Marie-Lou.

Le rouge du péché.

Le rouge de la honte.

Le rouge de la pudeur.

Surtout le rouge de la pudeur, incandescent, triste, semblable à celui des pourpres en train d'exploser, qui ne garde aucun secret !

J'ai piqué une crise.

Je me suis mis dans une colère noire.

Et plus je m'énervais, plus la robe Joop ressemblait à ce costume rouge luxure dans lequel Kate Winslet sombre en même temps que le *Titanic*.

Et pour la première fois, j'ai effectivement vu Cigogne comme un film, un film français.

À midi, indigné, j'ai badigeonné l'intégralité de la véranda de Terel, une nouvelle formule de mort-aux-rats. Les rongeurs qui en mangent virent au comprimé effervescent au moindre contact avec l'eau.

À cause des émanations, nous avons dû prendre le repas suivant en famille. Sur la terrasse de la forteresse. Un repas comme les autres : des nems au four qu'on ne sert qu'en l'absence de papa.

Maman a vite dessaoulé avant de sombrer dans la placidité qui suit. Elle alternait en permanence hystérie et fatigue saunesque. Cette fois, elle était tellement amorphe qu'elle n'appelait même pas Stiefi Mme von Solm numéro 2, 3 ou 4.

Assise à l'autre bout de la table, Stiefi observait sa devancière avec satisfaction, comme un vautour au ventre plein se repaîtrait de la vue d'une charogne toute fraîche, sans montrer le moindre signe d'appétit.

Le rouge tendre de l'humiliation.

— Vous vous sentez bien chez nous, bien chez nous ? a-t-elle prudemment demandé.

— L'infirmière a reçu une jolie robe en cadeau, a répondu maman d'un ton vague en regardant Cigogne.

— De la part de Jesko ?

— Non. De la part du grand.

À la bouche ouverte de Stiefi, j'ai compris qu'on le lui avait déjà dit.

Le rouge duplice du mensonge et du meurtre à venir.

— Écoute, Jesko, a dit ma mère, fais-lui au moins sa robe de mariée.

— Maman, on en a déjà parlé !

— Mais c'est tout ce que tu sais faire, petit, coudre ! Et tu ne me couds que des trucs mal fichus ! Sois un vrai couturier ! À moins que ce soit trop dur, une robe de mariée ?

— Je ne veux pas qu'il me fasse de robe de mariée, a déclaré Cigogne.

— Et quelque chose d'utile ? lui ai-je proposé. Par exemple une tenue de combat ? Ça, j'aimerais beaucoup le faire.

Le doux rouge de l'alliance secrète.

— Je ne veux rien de toi.

— Tu sais, a dit maman d'une voix traînante en posant soudain sa main croûteuse sur la joue de Cigogne, tu sais, Jesko, elle aurait aussi été bien pour toi.

En fin de journée, comme à leur habitude, elles sont toutes les deux reparties en quête des galions espagnols à la cargaison inestimable du jardin de papa. La fosse avait désormais la taille et la profondeur de trois baignoires.

Comme je ne pouvais pas accomplir de tâche trop physique, je suis resté assis à l'ombre.

Ma mère aussi devait économiser ses forces. Elle est restée assise au soleil.

Seule Cigogne travaillait, si on veut appeler comme ça cette activité grotesque, et son front dégoulinait de sueur.

Elle avait troqué sa robe contre un short et un maillot de basket ample, et de temps en temps, elle lâchait sa bêche pour regarder sa montre avec impatience parce que Ansgar avait promis de venir.

Il est effectivement venu, un peu après 20 heures, avec une mini-pelleteuse de la cimenterie. Il était plein d'entrain, et avait manifestement beaucoup réfléchi à la compagnie. Il a descendu l'engin de la remorque lui-même en parlant de son poids en ordre de marche et de la modernité de son système hydraulique. Cigogne a épousseté la terre de ses mains pour l'enlacer, et il lui a infligé un tendre baiser.

On ne connaît jamais complètement les gens.

Quand il a lancé la machine, leurs hanches se sont cognées, et Cigogne a eu un rire détendu tandis que la pelle mécanique plongeait dans la fosse.

Je me suis levé pour aller à la maison de la tante. On pouvait à nouveau y entrer, les miasmes avaient presque disparu. Je n'ai pas trouvé les cadavres des souris.

Depuis la véranda, j'ai laissé mes jambes pendre dans l'eau, et j'ai pris mon bloc de papier pour écrire une autre lettre à ma fille. En manque d'inspiration, j'ai dessiné de petites toiles d'araignées dans un coin.

Soudain, Cigogne a surgi dans mon dos.

— Tu es différent aujourd'hui. Mutique.

Elle s'est assise à côté de moi.

Ses pieds ont glissé dans l'eau, et une grenouille aux pieds tout aussi plats a répondu. Cigogne a souri. Son visage luisait comme du miel, et nous avons regardé le soleil se coucher à deux.

Le vaste rouge du ciel, comme si Dieu s'était coupé la gorge pour se répandre aux quatre coins du monde.

— Je te préfère comme ça, a-t-elle dit.

En prononçant ces mots, elle a essuyé son visage sale du dos de sa main qu'elle a ensuite rincée dans l'eau, ce qui l'a forcée à se pencher un peu en avant. Ses cheveux lisses et blonds avec une raie au milieu sont tombés sur ses tempes comme des oreilles de cocker, se sont séparés en deux, ont dégagé sa nuque, et tandis qu'elle tendait la main vers un petit poisson, une cervicale saillante de la taille d'une cerise sur laquelle on avait fait un suçon a émergé de son col.

J'aurais aimé lui offrir un cadeau.

Cette fois, contrairement à d'habitude, elle ne s'est pas approchée de moi. Elle devait se dire qu'elle ne sentait pas bon, à cause de la transpiration. C'est le genre de femme qui sait bien évaluer son périmètre olfactif, à la différence des mannequins, par exemple. Pour autant, je me demandais comment elle sentait, si c'était seulement la terre avec un reste d'hôpital. J'ai pris une profonde inspiration par le nez comme si j'allais éternuer pour qu'elle ne s'en rende pas compte, et ce qui nous est parvenu, à mon olfaction détruite et à moi, m'a plu, et pour le garder en moi, j'ai retenu mon souffle.

J'aurais vraiment bien aimé lui offrir quelque chose.

Comme elle écartait un peu les jambes, j'ai aperçu l'intérieur de ses mollets. Il était rouge écrevisse, sans doute à cause d'un de ces coups de soleil qu'on prend en bronzant sur le dos.

Le lendemain, je lui ai offert des menottes d'orteil que j'avais fabriquées pour elle pendant la nuit. Il s'agissait de deux anneaux en métal reliés entre eux à enfiler sur les gros orteils pour que les pieds restent parallèles pendant un bain de soleil. Je lui ai expliqué que grâce à ça, elle pourrait à l'avenir bronzer de manière relativement uniforme. Elle ne prendrait plus de coup de soleil entre les jambes.

La phrase l'a fait rire.

Ce qui lui a le plus plu, c'est le petit trou de l'attache entre les deux anneaux qui pouvait accueillir une fleur des champs.

Elle s'est confondue en remerciements.

Ce n'était pas nécessaire, car je n'aurais de toute façon pas dormi, à cause de la souris de la véranda.

Elle avait plus de vies qu'un chat.

16

MAMAN A RACCROCHÉ son tablier de chasseuse de trésors une fois vingt mètres cubes de terre entassés sous ses yeux par la mini-pelleteuse d'Ansgar. Il n'y avait rien de monnayable. La seule trouvaille en métal n'a même pas intéressé une pie. C'était saint Christophe, un porte-clefs rouillé.

Mais ce n'est pas ce maigre butin qui a fait changer maman d'avis. Pas plus que le mélancolique jardinier de papa originaire de Thessalonique qui avait été arraché à ses vacances et venait parfois assister au carnage, la tête rentrée dans les épaules. Et encore moins Stiefi, que Käthe ignorait ou affublait, au choix, d'un numéro.

Ma mère s'est soudain rendu compte qu'elle avait un autre métier bien plus lucratif, romantique et passionnant que celui de chasseuse de trésors.

Celui de braqueuse de banques.

Sauf que l'idée lui est venue alors que nous étions en train de visiter Mannheim ensemble.

Nous devions aller en centre-ville refaire le stock de médicaments.

Cigogne nous avait conseillé de voir ça comme une petite promenade et de profiter de ce moment à deux.

Je n'étais déjà plus en état de lui tenir tête. Je me disais que c'était parce qu'elle me faisait pitié. Mais en vrai, c'était une histoire de magnétisme. J'étais désormais aimanté comme un bout de ferraille, mais je ne le savais pas encore ou ne voulais pas le savoir.

Maman et moi nous sommes donc lancés dans la folie furieuse des transports en commun et avons bataillé avec le SMM (Service de mobilité de Mannheim) pour nous rendre à cette pharmacie homéopathique unique en son genre dont Cigogne nous avait vanté les mérites.

À Mannheim, au lieu de noms de rue, il y a des blocs, comme à New York, ce qui fait la fierté de tout le monde ici.

La pharmacie était en B2, en face de la Jesuitenkirche. La pharmacienne était adorable. En plus, j'ai acheté quelques poisons chinois fabriqués maison.

Après ça, nous sommes allés au Kaufhof de la Paradeplatz car maman adore farfouiller. Là-bas, elle a attrapé un pistolet à eau et annoncé qu'elle allait chercher de l'argent à la Sparkasse.

Je n'avais qu'à attendre.

Je ne faisais pas attention à elle, et après un long moment sans faire attention, je me suis rendu compte qu'elle n'était plus là.

Je me suis précipité dehors. Effectivement, le point d'interrogation rouge de la Sparkasse brillait à l'autre bout de la Paradeplatz. Les mains dans les poches et l'air indifférent, un agent de sécurité avec des bacchantes et des joues creuses de lépreux regardait un chien chier devant les distributeurs. Puis je suis entré dans la banque.

On aurait dit un aéroport. Partout, des terminaux, des écrans et des hôtesses stressées. J'ai mis du temps à trouver la caisse. Au moins, maman était en train de faire la queue.

— On s'en va ! ai-je ordonné.

— Tout de suite, a-t-elle répondu pour se débarrasser de moi.

— Qu'est-ce que tu comptes faire, maman ?

— Après, on ira se faire plaisir dans les magasins.

— Ne fais pas de bêtises. Il y a des caméras partout. Et il y a des hommes dehors, ils sont armés.

— Moi aussi, je suis armée. Tu vas être fier de moi !

— Ça ne risque pas. Allez, viens.

— Un million en petites coupures, ou votre cerveau va gicler sur le mur.

Elle a prononcé ces mots d'une voix très basse et monocorde, à sa manière à elle, pour s'assurer qu'elle avait son texte bien en tête.

J'étais sur le point de l'emmener de force quand le guichetier a commencé à baisser le store sous notre nez et sorti un panonceau « Guichet fermé ».

— Qu'est-ce que c'est que cette histoire ? a demandé maman.

— On ferme ce guichet, a répondu le type.

Il avait une tête à être né dans un coffre-fort.

— Et pourquoi maintenant ?

— Vous voyez bien. Parce que l'air est irrespirable.

J'ai été surpris. Maman avait été lavée la veille par Cigogne, à l'aide d'un savon antiseptique. Elle portait aussi une robe bohème que je venais de lui coudre. Derrière nous, il y a eu une quinte de toux.

— Mais je veux seulement de l'argent, a dit une petite voix.

C'était celle d'un vieil homme vêtu d'un pyjama en polyester et d'un gilet en laine gris. À côté de lui, maman était la propreté incarnée.

— Je veux seulement retirer de l'argent, a-t-il répété.

— Non, monsieur Weber, vous savez bien, pour avoir de l'argent, il vous faut la signature de votre tuteur.

Le guichetier se pinçait le nez.

— Mais je me nourris d'eau chaude depuis trois jours, de l'eau chaude et c'est tout, et maintenant, je veux l'argent de mon compte.

— Monsieur Weber ! Votre puanteur est insoutenable, et vous n'aurez pas d'argent sans la signature de votre tuteur. Et maintenant, ayez la bonté de quitter l'établissement.

M. Weber s'est mis à gémir.

— Mais ce n'est pas juste, j'ai tellement faim, a-t-il geint. J'ai une faim de loup, et que de l'eau depuis trois jours. Que de l'eau chaude. Ce n'est pas juste.

Ma mère s'est penchée vers le guichetier et a grogné :

— Donne-lui son argent, connard !

Sa main a distraitement cherché le pistolet à eau sans le trouver, car il avait depuis longtemps été transféré de sa poche latérale à mon sac en plastique avec les poisons chinois, et ce par mes soins.

— Mais qui êtes-vous ? a demandé l'homme.

— Je possède la plus grande maison de vente par correspondance d'Europe. J'ai quatre voitures et vingt chevaux de course. J'ai des actions et deux brasseries. Et je suis sa mère, connard !

Son doigt était pointé sur moi, et j'ai été bien forcé de décliner mon identité.

— Écoutez-moi ! s'est écriée maman sous les yeux écarquillés de l'homme – désormais, toute la banque écoutait, y compris le crétin lépreux qui avait ramené sa fraise et même, ô surprise, sorti les mains de ses poches. Si M. Weber ne récupère pas son argent sur-le-champ, nous résilions tous nos comptes ! Moi et mon fils ! *Yes, Sir !* Vous pouvez leur dire adieu ! À tous nos comptes !

À la vitesse à laquelle le PDG a rappliqué, j'ai déduit que mon nom avait ici un tintement argenté, car c'était celui de mon père. Et quand sa transpiration de banquier a formé un delta sur la racine de son nez, j'ai compris que maman s'était rendue tout droit dans la banque de papa.

Avec un instinct sûr. Il faut bien lui accorder ça.

L'homme a déclaré, avec force courbettes, que ce devait être une terrible méprise. M. Weber allait bien entendu avoir son argent, ce n'était que justice, n'est-ce pas.

Maman a dit qu'elle aussi voulait de l'argent, au moins un biffeton de cent, et le plus fou, c'est que le PDG a dégainé son porte-monnaie pour lui filer cent euros, avec tous les signes du plus grand respect.

Nous sommes ressortis de la banque avec la banane, M. Weber, ma mère et moi. Maman a appelé un taxi. D'abord, le chauffeur a refusé de prendre M. Weber. Mais maman lui a fait la leçon, et il a changé d'avis (« En Allemagne, un chauffeur de taxi n'a pas le droit de refuser un client. Avant, j'avais une école de taxi, la plus grande de Berlin… »).

Maman avait décidé de faire passer une bonne journée à M. Weber.

Et moi, j'étais épuisé.

En entrant dans la villa de mon père, M. Weber a cligné des yeux d'un air impressionné.

Et quand il s'est retrouvé devant Stiefi qui était en train de songer à son argenterie rutilante, elle aussi a cligné des yeux.

— Donc maintenant, ta mère ramène des amis ici, des amis ici ?

Nous étions à la recherche de Cigogne, et c'est ce que je lui ai dit.

— Va voir là-haut.

Elle a marqué une pause, et sa voix a levé le petit doigt en l'air en soufflant tout bas :

— Ansgar lui a dit…

Je n'ai pas compris tout de suite. J'étais trop distrait par Käthe, qui demandait à Stiefi de mettre la musique préférée de M. Weber, Zarah Leander.

Mais d'un coup, je me suis rendu compte qu'il n'y avait qu'une chose qu'Ansgar avait pu dire. Une chose qui était l'aboutissement des jours et des nuits précédents, de tous ces mystères et cachotteries. Et je me suis senti tout barbouillé en entendant une porte claquer au premier étage.

Puis Cigogne a fait son apparition.

On aurait dit une piscine sans eau.

Bien sûr, Käthe a aussitôt sauté depuis le plongeoir de dix mètres.

— Hé, l'infirmière ! a-t-elle crié d'une voix suraiguë. C'est M. Weber ! On lui donne un bain ?

« Mon petit tambour », chantait le lecteur de CD en mode mineur.

Cigogne a légèrement sourcillé. Elle a descendu l'escalier, est passée devant moi d'un pas léger, vêtue d'un pull à col roulé très noir et aérien. Je lui ai emboîté le pas pour lui poser une question, mais elle s'est dérobée.

— Le petit Weber ne veut pas prendre de bain, mais il n'a pas le choix, hein ? Va voir s'il reste du savon antiseptique, hein ? a braillé maman.

Cigogne a hoché la tête d'un air absent et est partie dans la salle de bains avec M. Weber, bravement et contre toute attente. Elle ne voulait pas qu'on voie ses yeux. Pourquoi n'avait-elle pas marché tout droit sur la porte pour s'en aller loin, loin, loin d'ici ?

« Mon petit tambour, avec toi c'était l'amour, la pluie faisait notre bonheur. »

Je me suis glissé à mon tour dans la salle de bains et j'ai verrouillé derrière nous.

M. Weber était plongé dans la contemplation du sol en mosaïque romaine et faisait de son mieux pour ne pas marcher sur les néréides souriantes. Machinalement, Cigogne a commencé à faire couler l'eau. Elle assise sur le rebord de la baignoire, moi en train d'avancer lentement vers elle – M. Weber devait nous prendre pour une petite allégorie en noir et blanc agrémentée de vapeur d'eau.

— Ne me touche pas !

Docile, je me suis immobilisé devant elle.

— Tu le savais depuis le départ !

Elle s'est levée et a demandé au vieux de se déshabiller. Il n'a pas bougé.

— Qu'est-ce que tu voulais que je dise ? Que mon frère a quelqu'un d'autre ?

— Je pensais que tu me respectais.

— Je ne voulais pas que tu souffres ! Pourquoi ce serait à moi de te faire souffrir ? Je ne veux pas faire ça. Je ne veux pas. C'est affreux ! Est-ce que tu lui en as mis une, au moins ?

Elle a glissé mille euros dans le gilet en laine de M. Weber avant de le lui retirer. Il a suivi du regard son gilet plein aux as qui se laissait tomber sur le couvercle des toilettes, ivre de joie.

L'argent d'Ansgar. Honoraires. Compensation financière.

Mille euros.

En deux billets.

Cigogne souriait. Les larmes coulaient sur ses joues.

Elle a tiré sans résultat sur la manche du vieux qui restait pétrifié en gémissant.

— Bon sang, je n'arrive pas à lui enlever son pyjama. Aide-moi, espèce d'imbécile !

Je me suis exécuté – c'était la première fois depuis des années que j'aidais quelqu'un. Elle s'est tournée vers le vieux en essayant en vain de réprimer ses pleurs.

— Dites-moi, monsieur Weber, pourquoi cette manche ne vient pas ?

Le vieux a levé la tête, il était tout rouge, mais impossible de dire de quoi il avait honte.

— Y a un mois, je me suis brûlé le bras, au-dessus de la gazinière, et ça m'a fait mal, a-t-il bafouillé. Puis ma voisine est venue, elle a mis de la poudre dessus et m'a fait enfiler mon pyjama, et elle m'a dit qu'elle reviendrait demain. Mais elle ne l'a pas fait. Elle n'est pas revenue.

— Dépliez un peu le bras. Oui, comme ça.

— On met de l'eau dessus ? ai-je inutilement proposé.

— Non, pas la peine, a-t-elle répondu en tirant avec précaution sur le tissu.

— Et mon bras s'est mis à gratter et à me refaire mal. Et au bout d'une semaine, j'arrivais plus à fermer l'œil.

Cigogne en était à la moitié de la manche.

Nous retenions notre respiration.

J'ai dû détourner les yeux.

— On y est presque, a lâché Cigogne à bout de souffle.

— Et le lendemain matin, a poursuivi le vieux d'un ton plaintif, le lendemain matin, j'ai regardé sous la manche, en y allant tout doucement. Et là... il y avait un truc qui bougeait.

— Qu'est-ce qui bougeait ?

— Je n'ai pas bien vu. Ça faisait comme des petites ampoules.

— Mon Dieu, monsieur Weber, et ensuite ?

Cigogne a eu un sanglot, son nez s'est mis à couler, elle a remonté son col roulé et s'est essuyée avec.

Puis, d'un long geste fluide (un peu comme quand on défait un lit), elle a enlevé sa manche de pyjama à M. Weber.

Son bras avait viré au bleu, et sur la plaie, un mouchoir tout gras était posé, brillant d'humidité couleur rouille.

— Du coup, j'ai tout de suite mis un mouchoir dessus. Et maintenant, ça va mieux. En tout cas, ça ne fait plus mal.

Elle a soulevé le mouchoir.

J'ai eu envie de vomir.

M. Weber ne savait plus où se mettre.

Cigogne contemplait les vers paniqués en train de s'agiter sur la peau de M. Weber.

Son bras était constellé de vers. Des bestioles blanches et innocentes dont les petits yeux supportaient mal la lumière soudaine.

Dans la rue, en attendant l'ambulance qui devait emmener M. Weber et Cigogne, nous sommes restés un long moment côte à côte tous les trois, et c'est seulement à la fin que Cigogne a brisé le silence. Elle a dit que si jamais on ne se revoyait pas, il y avait encore un truc.

Elle s'était ressaisie.

Elle a dit que quand elle avait raccompagné ma mère à la maison après l'opération, Käthe était dans tous ses états.

Je m'en souvenais peut-être. De ce que j'avais prédit à maman. Qu'elle mourrait avant moi.

Ma mère avait dit ensuite que dans ce cas, ou si jamais sa moelle osseuse n'était pas compatible, il resterait toujours une option à Jesko.

L'enfant de Renate.

L'enfant de Renate, avait-elle dit, et c'était tout.

L'enfant de Renate.

Comme elle pensait que c'était n'importe quoi, Cigogne n'avait pas cherché à en savoir plus.

— C'est tout ce que j'avais à te dire, a-t-elle conclu.

Le vent balayait le champ de blé pour venir caresser ses bras croisés.

L'enfant de Renate.

Quand tout le monde ment, tout peut être vrai.

« Mon petit tambour, à force d'aimer, le soleil nous a brisés. »

17

L'ENFANT DE Renate.

Je me souviens.

Après le bain, maman me brossait les cheveux, boucle après boucle, jusqu'à ce que je ressemble au bébé de Grace Kelly. C'étaient ses mots à elle, et elle prononçait « Grace » avec deux E et avec deux S, « Greess », sauf qu'à l'époque, elle avait encore toutes ses dents.

Les dents et les cheveux comptaient beaucoup pour elle, les cheveux peut-être encore un peu plus, et elle était heureuse et fière que nos coiffures ne laissent jamais à désirer.

Dans l'absolu, nous étions une famille qui présentait bien, et quand nous, les enfants, étions assis à l'arrière du cabriolet BMW, que le capot était baissé et que nos chevelures volaient ensemble au vent, nous formions un beau spectacle.

C'est ainsi que maman nous amadouait pour nous shampouiner la tête. À la différence de mon frère, j'adorais qu'elle me fasse prendre mon bain. Sa main glissait dans les plis de ma peau comme un poisson égaré, et en même temps, elle fredonnait des chansons en patois. C'étaient les chansons de ses grands-pères bergers, tous deux analphabètes. Nous ne comprenions pas les paroles, mais les mélodies toutes simples étaient à la portée des moutons et célébraient la beauté du pâturage. Sous l'eau, quand Ansgar et moi jouions à celui qui retiendrait son souffle le plus longtemps, la voix de maman semblait à la fois lointaine et irrésistible, et je la voyais comme une elfe et nous, comme des fleurs ensorcelées.

Elle ne chantait jamais ces chansons quand d'autres personnes étaient dans les parages. Car elle était toujours sur ses gardes. Et ce dont elle avait le plus peur, c'était qu'on devine ses origines.

Ma mère avait vu le jour le 1er août 1945, dans un logis sombre et moisi, entre le pain noir, les vaches maigres et le parcours d'obstacles branlant du carcan petit-bourgeois. Son père travaillait dans une brasserie de Göttingen, il réparait les fûts et était chargé de l'entretien des carrioles. Sa femme, la mère remarquablement difforme de Käthe, allait servir dans une autre maison, comme on appelait à l'époque le fait de récurer, encaustiquer et repasser.

À l'âge de quatorze ans, Käthe avait été abordée dans une rue de Göttingen parce qu'elle ressemblait trait pour trait à Anna Magnani jeune. On lui avait demandé de faire des essais pour un film. La chance de Käthe, ce n'était pas d'avoir décroché le rôle, mais d'avoir réussi à le cacher à ses parents. Après avoir imité quelques signatures, elle avait incarné une Italienne effrontée qui se liait d'amitié avec Christine Kaufmann pendant deux scènes et demie. Au détour d'un article, un critique de cinéma avait dit de sa performance qu'on y « décelait un talent prometteur ». Maman était particulièrement fière car, à part « spaghetti », elle ne parlait pas un mot d'italien.

Quand son père avait découvert le pot aux roses, il l'avait enfermée trois jours dans la cave où il avait son atelier. Puis les gens du studio étaient venus lui soumettre un contrat. On avait chanté les louanges de Käthe : son élégance naturelle, son charme, son tempérament et même – c'est difficilement concevable aujourd'hui – son accent. En prime, on avait proposé de financer sa formation, voire de lui permettre de faire des études.

Mais négocier avec l'entêtement de cinq générations de bergers bas-saxons n'est pas donné à tout le monde. Oppa (comme Ansgar et moi l'appelions pour le distinguer de notre noble Opapa balte) préférait que sa fille aille travailler à l'usine. Comme un vrai social-démocrate. Et il l'avait dit.

Jouer la comédie, c'était bon pour les putains et les juifs. Il l'avait dit aussi.

Et l'affaire avait été réglée.

Käthe avait rencontré mon père au rassemblement des étudiants baltes de Göttingen de 1966, et sa calvitie naissante lui avait tapé dans l'œil. Elle trouvait ridicules les hommes de son âge. Mon père s'était pris une cuite avec quelques camarades de sa corporation. Il avait oublié son sabre dans le bistrot où ma mère travaillait comme extra. Elle lui avait couru après. Ce devait être une drôle de scène, cette jolie serveuse toute jeune en train de cavaler dans le centre-ville avec une arme blanche.

Elle avait fini par rattraper Gebhard sans essayer de cacher qu'elle était à bout de souffle.

Il l'avait remerciée et était arrivé à temps à la *Mensur*, un combat d'escrime qui devait lui coûter un bout de sa lèvre. Raison pour laquelle, lors de leur premier baiser, il avait tellement saigné qu'ils avaient dû tous les deux se laver le visage.

Käthe n'avait pas l'intention de laisser passer la deuxième chance de sa vie. Une fois de plus, Oppa était contre, lui qui était convaincu qu'on ne devient que ce qu'on est déjà.

Mais Käthe avait saisi l'occasion à bras-le-corps, et c'est ainsi qu'elle s'était retrouvée sur un nuage, car un ovule fécondé s'était niché dans son utérus prolétaire jusqu'à prendre le nom d'Ansgar von Solm. Le mariage était venu, et la naissance, et les bonnes manières, et les grands bals baltes, et l'art de la conversation, et le précepteur français, et les récitals de piano, et à force, maman avait appris à être une vraie dame, le joyau de sa famille. Elle avait fait disparaître tout ce qui chez elle sentait le mouton ou le chien errant, la carriole à bière ou l'aide de cuisine – à part les chansons.

Mes parents semblaient heureux en ménage.

Mais qu'est-ce que le bonheur ?

Le bonheur, selon Sénèque, c'est de vivre sur une colline et de voir les orages qui nous menacent en sachant qu'on ne peut pas les éviter.

Tout avait commencé une nuit où je n'arrivais pas à dormir. Et comme Ansgar refusait que je vienne dans son lit sous prétexte que j'avais des gaz, j'avais battu en retraite dans la chambre de mes parents, vexé. Sous le clair de lune, le lit était intact du côté de mon père, tandis que le côté de Käthe était froissé mais tout aussi vide.

Perplexe, j'étais allé à la cuisine, et j'avais trouvé maman assise sous le faisceau de la lampe, la tête dans la main, une bouteille de whisky devant elle. J'avais demandé une gorgée, car on aurait dit du jus de pomme. Ma mère avait souri, rebouché la bouteille (aujourd'hui encore, j'entends le crissement dans le pas de vis), et tout en me portant jusqu'à mon lit, elle m'avait chuchoté à l'oreille qu'elle aimait mon père, qu'elle l'aimait tellement.

C'était la première fois que je la voyais pleurer.

Pendant toutes ces années, maman n'avait jamais rien laissé voir. Elle s'arrangeait pour que nous, les enfants, trouvions parfaitement normal que papa ne passe qu'occasionnellement la nuit à la maison.

Et elle lui aurait tout pardonné s'il ne l'avait pas quittée.

La lettre de l'avocat lui était tombée dessus sans crier gare.

Elle avait déchiré la demande de divorce en petits morceaux. Et avait fait comme si de rien n'était.

Elle avait appelé Omma pour lui parler avec enthousiasme des nouveaux draps en crêpe de Chine mauve qu'elle comptait s'offrir. Pendant douze ans, dans le haut-fourneau de son mariage, avec la morale d'après-guerre et les règles de savoir-vivre d'une classe à laquelle elle souhaitait appartenir de toute la force de son petit cœur, elle s'était forgé une carapace d'or. Soudain, cette carapace ne pesait pas plus lourd qu'une coquille d'œuf de laquelle, au cours des mois suivants, était sortie une chose noire et désespérée comme seule peut l'être une âme.

Ma mère était partie en guerre, une guerre qui avait tout de l'autoflagellation sans merci.

Je ne l'avais jamais vue fumer avant, et voilà qu'elle grillait cinquante cigarettes par jour, avec la tête de quelqu'un qui s'arrose d'essence.

Alors qu'elle ne tenait pas l'alcool, elle n'avait mis que deux semaines à liquider la cave à vin de mon père. Après quoi elle avait congédié la femme de ménage pour se réjouir de la crasse dans laquelle nous vivions.

Un jour, j'avais dû aller acheter cinq cents marks de cachets à la pharmacie toute proche. Quand le pharmacien m'avait demandé quels cachets, j'avais répondu un peu de tout.

C'était comme se pêcher soi-même à la dynamite.

Mon père était resté un petit moment chez nous, à cause des enfants, comme on dit.

Il s'enfermait dans son bureau et parfois, il en sortait pour essuyer un torrent d'injures obscènes. Käthe, ivre en permanence, lui jetait des noms de femmes à la tête, puis elle nous montrait un tuyau d'aspirateur en expliquant tout ce que papa était capable de faire avec.

Un jour, avec sa voiture, elle était rentrée dans la BMW de mon père, en plein milieu de la Ludwigstraße à Sarrebruck.

Une autre fois, elle avait emprunté, yeux fermés, une route à sens unique pour montrer à Ansgar à quel point elle était en colère, et elle avait écrasé un chien.

Elle avait fait irruption au bureau de mon père et l'avait giflé au milieu d'une conférence jusqu'à ce que son oreille imbibe ses documents de sang.

À la petite amie qu'il avait eue dans sa jeunesse, elle avait envoyé des serviettes hygiéniques usagées emballées dans ses vieilles lettres.

Mais c'est quand maman avait prétendu que mon père avait un enfant d'une autre femme qu'il avait quitté notre maison.

Dans la demande de suspension de procédure rédigée par l'avocat de Käthe, au paragraphe 3, alinéa 4, se trouve le passage suivant :

« La partie civile refuse de révéler l'identité de la témoin, qui sera désignée sous le nom de Renate X dans ce document. Selon les mots de la partie civile, la témoin Renate X est une esthéticienne qui a ensuite travaillé comme dactylo auprès d'un avocat. La partie civile expliquait régulièrement à la partie défenderesse que la témoin en question l'avait complètement dépravé sur le plan sexuel (preuve : déclaration de la partie civile). En outre, la partie civile répétait mot pour mot la chose suivante à la partie défenderesse : "Renate a un enfant de moi. Quelques jours avant le mariage, Renate m'a séduit dans un champ près de la gare. Il faut que je me mette en relation avec elle pour parler à mon enfant" (preuve : témoignage du Dr Sorgwal, déclaration de la partie civile).

» La partie civile n'a pas contesté ces faits en présence du Dr Sorgwal.

» Néanmoins, la partie civile disait en substance que l'enfant était avant tout l'enfant de Renate. »

18

— ARRÊTE DE TE BALANCER, maman !

— Ce n'est pas moi. C'est le fauteuil.

— Si tu ne te balances pas, le fauteuil ne se balancera pas !

— Mais c'est un fauteuil à bascule.

— Tu me rends dingue !

— Pourquoi son stupide nom ne me revient pas ? Il faut que je réfléchisse, fort !

— Cette Renate n'a jamais existé, maman. Et cet enfant encore moins.

— Demande à papa.

— Je lui ai demandé.

— Dans ce cas, tranche-lui la gorge, à ce vieux menteur !

— Tu ne peux pas essayer de lui trancher la gorge toutes les deux semaines. Il va finir par le prendre personnellement.

Elle s'est mise à pleurer.

— Je vais faire une dépression, a-t-elle dit. Tu es quand même mon petit. Pourquoi tu ne me crois pas ? Il faut que tu me croies, je dis toujours la vérité.

— Mais c'est quoi, son nom ? Son nom de famille ?

— Ça ne me revient pas ! Ça ne me revient pas, c'est tout ! C'est avec l'infirmière que je m'en suis souvenue. Mais elle se comportait différemment. Pas comme toi. Avec plus de tendresse. Si elle était là, ce nom de famille à la con me reviendrait tout de suite !

— Sauf qu'elle n'est plus là.

— Il faut qu'on aille la voir !

— Non, maman.

— Tout de suite !

— L'enfant de Renate n'existe pas ! C'était déjà évident au moment du procès ! Tu fabules complètement ! Tu vas comprendre, oui ou non ? Et il est hors de question qu'on aille la voir pour des conneries pareilles ! Elle est finie ! Elle est morte ! Elle crie contre les murs !

— Je peux la consoler.

— Tu ne peux consoler personne, maman ! Tu n'en es pas capable !

Derrière nous, il y a eu des battements d'ailes, et deux oies sont allées se poser sur le lac. Les moustiques dansaient autour de nous, et c'est à ça que je me suis aperçu que Käthe avait depuis longtemps arrêté de se balancer. De temps à autre, elle pinçait son pouce et son index qui étaient un peu engourdis.

— Je sais, Jesko, a dit ma mère d'une voix nouvelle, je sais ce que tu penses de moi. C'est comme ça. Mais sur ce coup-là, tu dois me croire. Je m'en souviens à peine, c'est ce qui est terrible, c'est ce qui est terrible. Mauvaise tête !

Elle a mis trois coups de phalanges sur le haut de son crâne.

— Mais on peut savoir quelque chose et l'oublier quand même. On peut tout oublier. Et un jour ou l'autre, ça remonte à la surface. L'enfant de Renate...

— Maman...

— Je ne suis pas folle, mon chéri. Je te promets. Tu as un autre frère. Et si on va voir cette gentille infirmière, on le retrouvera.

C'était typiquement le genre d'idée fixe de ma mère à laquelle il était impossible d'échapper. C'était à la fois complètement absurde et puissant, car la folie est toujours puissante quand elle est articulée avec clarté.

Le fait que Käthe ait besoin de Cigogne pour se souvenir d'une chose qui n'avait jamais eu lieu aurait dû m'alerter.

Je lui ai tout de même promis de récupérer l'adresse de Cigogne, peut-être parce que malgré tout, j'avais un doute, peut-être aussi parce que j'avais besoin d'un prétexte pour la revoir.

L'adresse n'a pas été facile à trouver.

Ansgar a eu une drôle de réaction quand je lui ai réclamé les coordonnées de Cigogne. Il a baissé le menton d'un air agressif et fait au fond de la gorge un bruit désapprobateur qui voulait dire « Pourquoi tu les veux ? ». J'ai découvert qu'il ne savait pas où elle était partie. Elle n'avait pas de logement à elle. Elle n'avait pas de logement à elle car elle avait vécu jusque-là dans l'appartement d'Ansgar en ville d'où toute trace d'elle avait désormais disparu. Le silence de mon frère me demandait de ne pas poursuivre mes recherches.

Son silence ne voulait pas non plus savoir ce dont il s'agissait. Et je ne le lui ai pas dit. J'aurais trouvé ça ridicule, car rien que l'idée de faire ce à quoi je ne croyais pas l'était déjà pour moi.

Raison pour laquelle les choses se sont faites dans le secret plus qu'autre chose.

Pour finir, je suis parti à la clinique municipale de Mannheim attraper Cigogne pendant son service.

Dans la salle des infirmières, je suis tombé sur un dragon ondulé en train de prendre sa pause. J'ai formulé ma requête, et le dragon a louché sur moi en reposant son yaourt. Non, a-t-il dit d'une voix traînante dans le patois sonore de Mannheim, sa collègue n'était pas là. En arrêt maladie. Toute la semaine. Elles se la coulaient douce, ces p'tites jeunes.

— D'abord deux s'maines de congé, puis arrêt maladie. Mais on va où comme ça ? Sauf qu'elle, elle est déjà sur la sellette ! Elle est à deux doigts de s'faire mettre à la porte !

Au bout du compte, après m'avoir certifié que c'était strictement interdit, le dragon m'a donné l'adresse et le numéro de téléphone de Cigogne.

Au numéro en question, je suis tombé sur un répondeur. Une voix masculine légèrement étouffée.

Je n'ai pas laissé de message.

Elle habitait un quartier de la ville difficilement accessible en bus et en tram. J'ai décidé de prendre une voiture, ce qui n'est pas une mince affaire quand on n'a pas de permis de conduire.

J'ai passé en revue les papiers de maman, un fatras de documents agglutinés aux couleurs de l'arc-en-ciel. Finalement, entre deux photos collées d'Ansgar petit, j'ai trouvé son permis de conduire gris en lambeaux.

À l'agence de location de voitures, l'employée m'a dévisagé moi, puis maman. La jeune femme a demandé pourquoi ma mère ne ressemblait pas à sa photo sans obtenir de réponse.

Nous avons récupéré la voiture (une Golf TDI automatique), et maman s'est mise à avoir peur. Elle n'avait pas pris le volant depuis vingt ans. Je lui ai expliqué où étaient l'accélérateur et le frein, et elle a gloussé avec inquiétude. Pilote de formule 1 faisait partie des rares métiers qu'elle n'avait pas encore exercés.

Nous avancions bien car je l'aidais à conduire d'une main.

L'adresse à laquelle nous nous rendions était située à Waldhof, un quartier ouvrier au nord de Mannheim.

C'était une minuscule maisonnette en briques dans un lotissement des années 1920 qui était en train de rendre l'âme. En face se trouvait un vieux terril sableux. La chaussée était éventrée, et quelques enfants turcs se jetaient des cailloux.

J'ai ouvert ce qui restait du portail. Le tout petit jardin, à peine plus grand qu'un tapis persan, formait une jungle de ronces, de buissons et de vieux déchets qui arrivaient à hauteur de poitrine.

La maison était couverte de peintures bariolées à la manière des squats de Kreuzberg. Sur la porte étaient affichés quelques slogans comme « Le mythe désenchanté », ou « Qui mange un œuf mange une âme ». Ils étaient dessinés sur des assiettes en carton.

J'ai sonné.

Des pas traînants ont approché.

Je l'ai reconnu dès qu'il a ouvert.

Il n'avait pas plus de vingt-cinq ans, son teint tirait sur le rouge, et il était d'une jolie débilité provocatrice. J'ai trouvé intéressant que sa masure soit constellée des mêmes fientes d'oiseaux que sa Fiat Uno la dernière fois. Les images de lui en train de taper sur son volant fusaient dans ma tête. J'ai compris que Cigogne ne perdait pas de temps pour se consoler, et j'ai eu mal au fond de moi.

— Bonjour, je suis bien chez Mme Kolum ?

Il a toisé ma mère avec plus de bienveillance que moi, peut-être parce qu'elle essayait de lire une des assiettes en carton.

— Qui pose cette question ?

Je nous ai brièvement présentés, et il nous a laissés entrer.

Cigogne n'était pas là. Il nous a dit qu'elle en avait pour un moment et que nous pouvions nous faire plâtrer le nez en attendant. Il était étudiant en art ou aspirait à l'être, mais il avait le comportement d'un vénérable maître hollandais. Il était en train de bosser sur un projet SN, a-t-il déclaré.

Un projet SM ? ai-je demandé.

Un projet SN – comme sculpture nasale.

Il comptait empiler 2 000 nez différents pour en faire une pyramide, il en avait déjà environ 380. Aux murs, il y avait des éclaboussures de peinture et des tableaux. Une grande toile représentant un vagin bleu.

— Un portrait de Mme Kolum, a déclaré le Rembrandt chenu d'une voix songeuse. Elle reviendra toujours vers moi, on le voit à l'expression qu'elle a sur le tableau.

Je n'avais aucune envie de me faire plâtrer le nez.

— Où est-ce qu'elle est ?

— Là où elle a connu monsieur votre frère.

Il a sifflé ces mots avec de l'écume à la bouche, une écume invisible et calcinée par des centaines de Gauloises bleues qui se déposait jusque sur ses cordes vocales.

— Elle était censée ne plus y aller. Ça ne lui fait pas de bien. Moi, ça fait des mois que je n'y vais plus. Alors que j'ai une petite clef.

Il a ricané. Je lui ai demandé de quoi il parlait, et il m'a regardé d'un air surpris.

— Vous n'êtes pas au courant ?

J'ai fait signe que non. Il a éclaté de rire et déclaré qu'il fallait absolument que je voie ça.

— Hop, hop, vous avez encore une chance d'arriver à temps !

Il m'a donné l'adresse et la petite clef dont il était si fier. Il a promis de veiller sur Käthe pendant ce temps.

Puis il a remué le plâtre.

Il s'appelait Schorschie.

19

AU FOND, je n'avais pas envie d'y aller. Sauf que le livre bleu a raison : on ne veut jamais aller nulle part, mais on ne peut pas rester sur place.

La nuit tombait déjà quand je suis entré en catimini dans une école qui avait l'air abandonnée. J'ai suivi tous les escaliers, emprunté un couloir au troisième étage et enlevé mes chaussures. Le vieux parquet craquait comme pas permis.

Sur la pointe des pieds, j'ai fini par arriver à ce que Schorschie avait appelé la salle A. Je me suis immobilisé un instant, ai fixé la porte A, continué à avancer à pas de loup et, avec la petite clef, j'ai ouvert un petit cagibi juste à côté. Je me suis retrouvé coincé dans un débarras sans fenêtre bourré de classeurs et de bazar. Une magnifique salle C ou D.

Derrière le mur, j'entendais des voix étouffées, et je n'ai pas osé allumer la lumière. J'ai fermé tout doucement derrière moi et je me suis faufilé jusqu'à une autre porte dissimulée par une étagère. Discrètement, j'ai posé mes chaussures juste sous un lynx empaillé. J'ai poussé quelques classeurs sur le côté, trouvé le trou de la serrure et pris la liberté de regarder à travers.

Ce que j'ai vu était une salle de classe comme les autres.

Un groupe d'une vingtaine de personnes de tous les âges y était assis derrière les bancs. Il y avait une intervenante dans la quarantaine que les autres appelaient Rita, bien faite de sa personne malgré son museau chevalin.

Rita a demandé qui voulait travailler aujourd'hui, et quelques doigts se sont levés.

— J'ai besoin d'un quart d'heure, a dit quelqu'un.

Une mère de famille rondouillarde a lancé :

— Je voudrais parler de ma rechute alimentaire !

Rita a noté les noms et annoncé qu'ils parleraient chacun leur tour, mais que d'abord, elle aimerait bien s'expliquer avec celui ou celle qui lui avait mangé son yaourt aux fruits la dernière fois.

Il y a eu un long silence dans la salle A.

— Alors, avec qui est-ce que je peux m'expliquer ? a insisté Rita.

Personne n'a répondu.

Prenant un air chagrin, Rita a dit que c'était vraiment dommage, ce manque de conflictualité. Puis elle a déclaré la séance du jour ouverte et demandé au patient Heinz de s'avancer. Un barbu en surpoids qui devait avoir dans les cinquante ans s'est extirpé de sa chaise.

— Je suis Heinz. Alcoolique, addict aux cachets, mangeur, vomisseur et joueur compulsif.

Il a bredouillé des trucs sans queue ni tête sur ses habitudes à la boulangerie, après quoi Rita et les autres l'ont gratifié de longs applaudissements thérapeutiques.

Puis ça a été le tour de la jeune et jolie Tanja, mangeuse et vomisseuse compulsive. Ellie, la fleuriste accro aux cachets. Robert, le fan de trains avec de graves problèmes relationnels. Et au moment où mes plantes de pieds commençaient à fourmiller, Cigogne s'est levée.

Ça m'a mis un coup de la voir plantée là, triste et perdue comme ça.

— Je suis Simone. Je suis accro au sexe. J'ai fait une rechute après que mon fiancé m'a quittée. Vous le connaissez, il venait ici, avant. Ansgar.

— Oh, Ansgar, a soupiré quelqu'un.

— Mais honnêtement, je ne sais même pas si je veux en parler. Je crois que je vais arrêter de venir. C'est sans doute la dernière fois qu'on se voit. Et c'est tout ce que j'avais à dire.

Rita est intervenue. Elle a exprimé son regret. Elle a demandé à Cigogne de ne pas aller trop vite, de préciser sa position. De parler de sa rupture.

— Il n'y a rien à dire. De toute façon, ça n'aurait pas tenu. J'aurais rendu malheureuses toutes les personnes concernées. Dans un sens, c'est peut-être mieux comme ça.

— De quelles personnes concernées tu parles ?

— De toute sa famille. Et il y avait son frère que j'aimais vraiment bien.

Mon dos s'est manifesté. La position courbée.

— J'ai tout de suite eu envie de coucher avec lui. Mais comme je savais qu'ensuite il aurait arrêté de me plaire, j'ai résisté. Ansgar nous a mis dans la même maison.

Elle a ri, mais cette fois, ce n'était pas un rire indien, ce n'était même pas un rire.

— Il devait vouloir qu'il se passe quelque chose, que je pète un plomb et que je séduise son frère. Comme ça, il aurait eu moins mauvaise conscience de se débarrasser de moi.

— C'est quel genre de personne, ce frère ?

— Je ne sais pas.

— Pas de réponse floue, Simone !

— Je ne sais pas, il est différent.

— On peut peut-être essayer de faire une liste ?

Cigogne a hésité. Ses doigts ont voleté comme des petits oiseaux devant le pupitre contre lequel elle a fini par s'appuyer. Elle a fermé les yeux.

— Il s'appelle Jesko.

J'ai fermé les yeux à mon tour.

Le préposé aux soupirs s'est fait entendre :

— Oh, Jesko.

— Un mètre quatre-vingts. Environ soixante-dix kilos. Mince. Fluet. Leucémique. La petite trentaine. A peur que le monde entier vire au chaos s'il baisse la garde ne serait-ce qu'une seconde. Porte des jupes. Sans doute sous l'effet de la colère. Couturier de métier. Aimerait être Coco Chanel ou un truc comme ça. Est journaliste de mode. Est tout et n'importe quoi. Loin de lui-même. Joue du piano. Carnivore. Jusque-là, n'a rien réalisé. Aime perdre, mais avec style et dans des fringues faites maison. Considère les gentilles petites observations comme la seule chose qui compte dans la vie. Cherche la dispute avec tous ceux qui ne sont pas du même avis. Roule sans permis. Insulte les policiers. M'a fabriqué des menottes à orteils. M'a insultée moi aussi. « Insultée » n'est pas le bon mot. « Détruite » est plus juste. S'en prend à ceux qui l'aident. Ceux qui lui font du mal, il s'en fiche. Espère le pire. Craint le meilleur parce que pour lui, le bien n'existe pas. Emporte partout avec lui un livre de maximes. Est assez agaçant. Il est séparé. Il a une fille. Il risque de mourir bientôt.

— Tu as des sentiments pour lui ?

— Je ne crois pas que ça ait de l'importance. Non, j'aimerais bien, j'aimerais bien. Mais maintenant, je sais que je ne suis pas capable d'aimer. Il y a toujours cette addiction qui est tellement plus forte. Et ensuite, tout est vide, et sale, et moche. J'espérais que les choses seraient différentes avec Ansgar. Mais je l'aurais sans doute trompé. Et même, je l'ai trompé. Je ne peux pas faire autrement. Je suis de pierre, j'ai un cœur de pierre, regarder *Autant en emporte le vent* en boucle n'y changera rien. C'est pour ça que je suis retournée chez Schorschie.

— Oh, Schorschie, a dit toujours la même voix.

J'ai couru jusqu'à la maison de Schorschie pour aller chercher ma mère.

Comme tout son visage, du front jusqu'au menton, était recouvert d'un masque de plâtre, elle était à la fois muette et aveugle.

— Eh bien, où est-ce qu'on a laissé ses chaussures ? m'a demandé Schorschie d'un ton narquois quand je me suis planté devant lui en chaussettes.

Je lui ai demandé ce qu'il fabriquait.

— Je suis gravement suicidaire, a-t-il répondu avec un grand sourire.

Je lui ai dit que j'espérais qu'il céderait à la tentation, de préférence avec une carabine, en pleine face.

Puis j'ai démoli quelques nez en plâtre effrontés et relevé maman. Elle continuait à se taire pour éviter de déformer le masque. Je l'ai traînée dehors dans un profond silence.

Cigogne était justement en train d'arriver dans la Uno bonne pour la casse de Schorschie.

Elle était contente de nous voir.

— Ça vous dit qu'on prenne une tisane ensemble ? a-t-elle demandé avec une mine réjouie.

Non, ça ne nous disait pas. Et gros bisous aussi. Prendre une tisane ensemble ? Quel genre de tisane ?

De l'aubépine pour saper la confiance ?

Du fenouil pour stimuler le système cardiovasculaire ?

De l'hibiscus pour lutter contre la dépression nymphomaniaque ?

Mon Dieu, elle avait l'air si innocente, si pure, ses yeux étaient des billes bleues qui roulaient vers moi, et dans l'obscurité, sa peau brillait d'un éclat mat comme la pomme empoisonnée dans *Blanche-Neige*.

Malheureusement, je n'ai pas pu partir tout de suite, car c'était maman qui devait conduire. Je lui ai arraché le masque d'un coup sec, et elle a gémi de douleur en ouvrant les yeux. Aussitôt, elle a aperçu Cigogne et, toute contente, a essayé de retrouver le nom de Renate.

— C'est super que vous soyez là, ne repartez pas si vite, nous a suppliés Cigogne.

— Le nom me revient, a lancé maman d'un ton triomphant. Il me revient. Il me revient. Böckl. Renate Böckl. Je me disais bien.

Et il n'y a vraiment plus eu aucune raison de rester.

J'ai glissé sur quelque chose et je suis tombé, et Cigogne m'a aidé à me relever, et Käthe a demandé ce que devenait M. Weber, et Cigogne a répondu qu'on avait dû l'amputer du bras, M. Weber, mais qu'il allait très bien sans son bras, et maman a dit que l'infirmière était quelqu'un d'adorable et de formidable, et un caillou des petits Turcs nous est tombé dessus, et j'ai pris le volant avant de démarrer en trombe, seul dans l'habitacle avec ce qu'il restait de moi.

Pendant tout le trajet, j'ai essayé de ne penser qu'au lynx mélancolique avec la paire de chaussures oubliées et défoncées en dessous, et au plaisir que j'aurais eu à échanger ma place avec lui.

Cette fois, je n'ai pas été contrôlé par la police.

Mais Stiefi était tout de même contrariée au plus haut point de devoir aller elle-même chercher ma mère à cette heure tardive.

Et chez Cigogne en plus.

20

LE PIRE, c'est quand tu deviens pudding, quand on peut se débarrasser de toi à la petite cuillère parce que tu n'as plus aucune force.

Qu'a dit *Mme de Solm (numéro un)**, la divorcée de l'industriel, qu'a-t-elle dit, sans dents et heuristiquement, qu'a-t-elle dit qui vous a soudain fait tendre l'oreille ?

Elle a dit : Renate Böckl.

Mais ça me laissait aussi indifférent que le blanc ou le noir ou le rouge. Ça m'était aussi égal qu'une dernière éructation pleine de gerbe Vivienne Westwood, ça me touchait moins que le droséra que j'ai piétiné le matin, ce matin après être revenu du paradis naso-sexuel de Schorschie. Et dans ces moments-là, même toi, tu peux aller voir ailleurs si j'y suis.

Lucius Annaeus *fucking* Seneca.

Sable sans chaux qui ruisselle à travers lui-même.

Favori de la pourpre impériale.

Sénateur sous Caligula.

Baisé par la sœur de ce dernier.

Tombé sous ton propre charme.

Sous prétexte que tout te réussissait.

Même un beau suicide sur lequel Schorschie devrait prendre exemple.

Il n'y a qu'une chose dont tu n'as pas été capable : vivre ta pitoyable existence en accord avec tes bavardages sur la perfection morale dans lesquels je trouve trop souvent une consolation toxique.

Un détracteur de la tyrannie peut-il devenir le précepteur d'un tyran ?
Quel genre de tisane est censé aider contre la dictature ?
L'aubépine ?
Le fenouil ?
L'hibiscus ?
Dans tes écrits, tu t'en prends à ces salopards de riches, et tu es le Romain le plus fortuné du monde après l'Empereur ?
Tu loues la vie honnête des philosophes, et tu dépouilles les victimes de Néron de trois cents millions de sesterces ?
Tu parles de la beauté de la frugalité humaine, tu t'enflammes avec ta noble plume contre la gloutonnerie et la décadence, et pour une seule orgie tu fais fabriquer cinq cents tables en bois de citronnier – toutes les mêmes, avec des pieds en ivoire – pour y servir à tes hôtes des surmulets garnis de feuilles d'or ?
Oui, pour accompagner ce poisson 24 carats, tout Rome devait vouloir boire ta tisane.
Aubépine ?
Fenouil ?
Hibiscus ?
Nul n'a jamais reçu de protestations de dévouement plus serviles que l'impératrice Messaline de la part de mon idole spirituelle et morale, qui lui a passé de la pommade jusqu'à son exécution, exactement comme il le faisait avec tous les puissants susceptibles de lui être utiles.
Tu as été directement impliqué dans l'assassinat de Britannicus et d'Agrippine.
Espèce d'ordure.
Et c'est ta peau et la fortune amassée par tes soins que tu voulais sauver avec tes déclarations d'insolvabilité pleurnichardes au lieu de méditer sur l'univers.
Je pourrais continuer des heures comme ça.
J'ai lu la moindre bribe de phrase à ton sujet.
Souvent, ça m'est égal.
Souvent, j'ai juste envie de coudre ta toge.
Mais en ces temps d'effondrement, le dégoût me submerge.
Car rien ne peut véritablement écorner l'image de cet opportuniste qui marche sur des cadavres et qui n'a écrit

mon formidable livre bleu que pour servir des platitudes sur l'indépendance affective au public romain.

De la vie heureuse, ça pourrait être le nom d'un tube de Howard Carpendale.

Sauf qu'il serait plus crédible que toi.

Natura enim homo mundum et elegans animal est.

« Par nature, l'homme est un animal propre et délicat. »

Pourquoi n'est-ce même pas vrai de toi, Lucius, toi qui, abstraction faite de ton intelligence et de ton talent, aurais eu toute ta place dans ma famille ?

Lucius Annaeus von Solm.

C'est peut-être pour ça que je me sens si proche de toi.

Pourquoi la vie heureuse n'est-elle possible qu'à condition de tirer profit de la merditude absolue de notre existence ?

Le vice n'est pas dans les choses, mais en nous-mêmes.

Cette révélation, sans être nouvelle, me démange l'âme comme un solvant chimique.

Je ne me sens pas bien.

Je suis crevé.

Épuisé.

À bout.

De la camomille, peut-être.

De la camomille, rien d'autre.

21

ELLE A ESSAYÉ plusieurs fois de me joindre par téléphone. Elle voulait me parler. J'entendais dans sa voix les reproches de l'avoir espionnée. J'entendais la fierté blessée. J'entendais l'inquiétude causée par mon silence. Je lui disais de ne pas s'en faire.

Elle continuait à appeler.

Ma mère, que les sonneries de portable plongeaient dans l'extase, voulait répondre à chaque fois. Mais je l'asseyais à sa table et lui demandais de manger l'œuf que je lui avais fait cuire. Ou d'écouter la musique que je pianotais en dilettante. Ou la machine à coudre.

Bref, je prenais soin de ma mère, je faisais tout le nécessaire. J'étais un fils digne d'un kit de construction Fisher Price. Pour un œil extérieur, je devais sans doute avoir l'air de fonctionner. J'étais le troisième vœu de la méchante sorcière. Enfin, j'étais comme on avait toujours voulu que je sois.

Quand tu deviens pudding, c'est comme une métamorphose de tes particules élémentaires, de tes atomes et de tes énigmes, et d'un coup, tu te rends compte que tu n'es que matière, une matière flasque, sans défense, transitoire, que les vers attendent de pied ferme.

Plus je m'occupais de ma mère, moins je la remarquais.

Je crois qu'elle faisait des efforts. Elle déjouait un peu l'atrophie cérébrale redoutée par le professeur Freundlieb (accompagnée d'une perte de repères temporels, géographiques et communicationnels). Elle se lavait seule, et ses mains apprenaient, quoique tremblantes et non sans rechutes, à manipuler la vaisselle.

Renate Böckl lui donnait de l'entrain.

Comme je prétendais du bout des lèvres être en train de chercher la dame, elle reprenait confiance et quelques grammes de bon sens. J'avais beau être à mille lieues de contacter quelqu'un sorti de l'imagination ou de la confusion de ma mère, j'arrivais à le cacher mollement.

J'étais loin de moi-même. Mais je savais que j'y reviendrais dès que la clinique appellerait.

Et la clinique a appelé.

Le numéro s'est affiché sur l'écran de mon portable.

Mon souffle s'est accéléré. J'ai décroché. Mais c'était seulement Cigogne qui se matérialisait de nulle part. C'était son premier jour de travail.

— Jesko, s'il te plaît, ne raccroche pas. Il faut qu'on se voie. Je voudrais...

Une seconde d'hésitation, et en fond sonore, quelqu'un a crié pour avoir un tampon. Cette folle était-elle en train de m'appeler en direct du bloc opératoire ? Sa voix a fondu d'un demi-décibel.

— ... je voudrais t'expliquer deux ou trois trucs. Schorschie est un enfoiré, je n'aurais pas cru... Je suis désolée. Tu es encore là ? Ne raccroche pas, ne raccroche pas, s'il te plaît...

— Je vais rendre le portable à Ansgar, ai-je tranquillement déclaré. Je ne serai plus joignable à ce numéro.

— Jesko...

J'ai raccroché et cherché mon frère pour lui rendre le portable, et pour cette unique raison.

Il était installé sur la mosaïque *Blut und Boden*, dans une des chaises longues, à l'ombre du parasol, comme une fleur.

Je me suis demandé quel était son problème.

Qu'est-ce qu'il avait bien pu venir faire dans la salle A de Rita ? Quel genre de verges le tourmentaient ? Il avait l'air à peu près aussi accro au sexe qu'une huître. Il buvait avec modération. Il ne jouait pas, n'avait ni pulsions ni passions apparentes.

Un jour, il m'avait soufflé : « La cocaïne, c'est la manière que Dieu a de dire que tu as trop d'argent. »

Et pourtant, il y avait forcément quelque chose, quelque chose de menaçant.

Je l'avais presque rejoint quand, du coin de l'œil, j'ai vu approcher la silhouette de mon père. Il se dirigeait vers Ansgar en compagnie d'une hystérique montée en graine. Elle avait crocheté son bras au sien, et je l'ai entendue dire :

— La Corée.

— Vous avez raison, a confirmé papa, il faut s'imaginer que la Corée nous a aujourd'hui dépassés. Avant, c'était des petits joueurs.

— Ou la Malaisie.

À la deuxième et troisième syllabe de « Malaisie », ses commissures de lèvres se sont écartées presque comme si elle grimaçait, j'ai aperçu ses dents de lapin, et elle m'a regardé de ses yeux verts auxquels un habile trait de khôl donnait un côté félin. Ansgar a cillé et s'est redressé sur sa chaise pour se préparer à cette agrégation spontanée. Il s'est levé, soudain cérémonieux. Je n'arrivais pas à le regarder dans les yeux.

— Babs, voici mon frère Jesko. Jesko, voici Babs.

Nous nous sommes salués, et papa a voulu savoir ce que je comptais faire avec le portable.

— Je voulais juste le rendre à Ansgar, ai-je dit à papa.

— Cigogne n'arrête pas d'appeler, ai-je dit à Ansgar.

— C'est son ex, ai-je dit à Babs.

Il y a eu un silence un peu outré, j'ai senti que mon père redoutait l'explosion de sa chère étiquette, et pour le tranquilliser, j'ai ajouté :

— Alors comme ça, vous êtes la nana de la télé ?

— Votre frère m'avait prévenue que vous aviez une conception particulière de la politesse, a-t-elle froidement acquiescé.

Les hystériques savent être très froides.

Je n'ai pas pu m'empêcher de sourire.

— Qu'est-ce qu'il y a de si drôle ? a-t-elle demandé.

J'ai eu envie de répondre que le conseil de Sénèque à propos des hystériques m'avait traversé l'esprit – leur arroser régulièrement l'utérus de sperme –, mais papa m'a devancé.

— Babs est en train de préparer un reportage sur la marginalisation et l'appauvrissement de l'Allemagne, a-t-il déclaré. Très intéressant, très intéressant. Vraiment très intéressant.

Comme personne ne trouvait ça suffisamment intéressant pour rebondir, il a ajouté :

— Tu ne m'avais pas dit qu'elle venait de Prusse-Orientale, mon grand.

— Je voulais... a commencé Ansgar en bégayant.

— Oui, enfin, seulement mes parents, l'a coupé Babs-de-la-télé. De Königsberg.

— Il faut me dire ce genre de choses, Ansgar, a marmonné papa d'un ton de léger reproche.

— Une fois, j'ai fait une enquête sur l'ancienne partie est de l'Allemagne, a-t-elle susurré. La Prusse-Orientale, la Silésie, la Poméranie, les Sudètes...

— Le Baltikum ?

— Tout à fait, monsieur von Solm, le Baltikum aussi.

Son arrogance aurait été supportable si elle ne l'avait pas accompagnée de ce voile de lassitude intellectuelle. Elle donnait l'impression de se retenir de dire des phrases comme : « L'intuition d'une enquête est une gageure indépendante de la science qui approche à pas mathématiques du paradoxe balte et de l'*infinitum* oriento-prussien, car parfois, l'*ars longa* est l'éclaireur sentimental de la *scientia* historique. »

Elle avait le teint olive et, dans ses yeux de chat, le regard versatile de la vie non vécue que je croise trop souvent chez les gens de ma génération, et je n'ai pas pu m'empêcher de l'imaginer en plein acte sexuel.

— Les millions d'Allemands chassés par les Soviets ont trouvé une nouvelle patrie à l'Ouest. Intégration totale. Adoption des dialectes. Refoulement réciproque des origines. Mes parents parlaient à peine de Königsberg. Je me considère comme une Hessoise pure souche. Et vous savez ce qui est le plus fou ?

Elle aimait les réponses claires et rapides, surtout quand elles émanaient d'elle-même.

— Le plus fou, c'est que les descendants des réfugiés de l'Est s'apparient entre eux. Et inconsciemment. Dans la deuxième génération.

Elle nous a regardés d'un air triomphant.

— C'est ce qu'une étude a montré.

Elle s'est accordé une sorte de pause théâtrale.

— Autrement dit : bien que hessoise, je ne m'apparie pas avec un Hessois. Ni avec un Italien. Ni avec un Noir. Je m'apparie avec un descendant de réfugiés baltes, car je descends moi-même de réfugiés prussiens-orientaux. C'est drôle, non ?

— Très drôle, a répondu mon père avec raideur, visiblement perturbé par la mention d'un Noir.

— Et c'est la règle. Un véritable phénomène. À croire que les enfants des enfants de réfugiés se reconnaissent à l'odeur. Comme des loups abandonnés. Dans mon enquête, il y avait un professeur qui disait que c'était dû à un refoulement de masse sédatif qui se manifeste aujourd'hui sur le plan de la psychologie des profondeurs. Nos grands-mères violées dont le besoin prend une dimension collective ! Nous nous aimons, Ansgar, parce que nos gènes veulent retourner à l'Est.

— Oui, a dit mon frère d'un ton distrait, moi aussi je t'aime, Babs.

Plus tard, mon père m'a dit :

— Ils souhaitent se fiancer. Dès la semaine prochaine. Nous allons les seconder.

Il était ravi, mais ses pupilles restaient grises et vides comme une forêt qu'on a éclaircie il y a longtemps, et je me suis rendu compte que la distance qui nous séparait n'était pas un choix, mais une nécessité, car il s'agit d'une distance intérieure qui nous unit curieusement les uns aux autres. C'est comme si on avait un univers au fond du cœur. Des planètes à des milliards d'années-lumière à travers lesquelles notre sang pulse.

Quand le portable a sonné au milieu de la nuit, je me suis dit que c'était un mauvais rêve puisque j'avais rendu l'appareil. Mais la mélodie ne s'arrêtait pas. Le portable d'Ansgar gisait dans ma pile de linge. Je n'étais pas passé à l'acte.

J'avais oublié.

Refoulé.

D'un coup, je me suis rendu compte que ma mémoire n'était même plus capable de mener à bien la restitution d'un simple objet. Après le choc est venue la colère, car je pensais que c'était encore Cigogne. Qui d'autre m'aurait appelé en plein milieu de la nuit ?

Mais ce n'était pas du tout Cigogne.

Et ce n'était pas non plus le milieu de la nuit.

C'était un matin presque automnal, de bonne heure, et la souris était à trois pas de mon sac de couchage.

— Ici le cabinet du professeur Freundlieb. Les résultats d'analyse sont là. Il faudrait venir nous voir.

Non, aucune information ne pouvait être donnée par téléphone.

J'ai lancé ma nouvelle chaussure, prêtée par Ansgar, et la souris s'en est allée.

Depuis ton séjour, tu vois une tempête déchirer les nuages et nous menacer ou déjà approcher pour nous engloutir, nous et nos biens. Et sans que nous en ayons véritablement conscience, un tourbillon n'est-il pas déjà en train de nous faire tournoyer, de sorte que nous fuyons et recherchons à la fois la même chose et que nous sommes tantôt hissés vers le sommet, tantôt précipités vers l'abîme ?

22

UNE FOIS LE RENDEZ-VOUS avec le professeur Freundlieb fixé, je me suis senti d'humeur neutre. Mon cœur ne faisait plus le yoyo, je ne transpirais pas, et dans la salle d'attente, j'ai lu le chapitre de cette ordure de Sénèque sur la bénédiction qu'est la simplicité d'esprit, mais ça ne m'a pas autant distrait que d'habitude. J'avais donné une fausse date aux autres, pour les mêmes raisons que les popstars empruntent systématiquement la porte de derrière.

C'était un mardi, la dernière journée chaude de l'année.

Le médecin m'a appelé dans son cabinet, et la première chose que j'ai remarquée, ce sont les rides soucieuses sur son front.

— Ce n'est pas beau à voir, a marmonné le professeur.

Il portait une chemise blanche *button-down* et une large cravate en soie lilas sous sa blouse de médecin. Comme c'était un vieux dandy juif, il accrochait sur ses murs des reproductions de Chagall et de Hundertwasser, d'autres vieux dandys juifs, censées avoir sur moi un effet apaisant.

Je lui ai demandé ce qu'il se passait.

Il a commencé par dire que ma mère présentait une glycémie dramatiquement élevée. Elle était en grand danger. Elle devait aller voir sans tarder un de ses collègues dont il m'a donné l'adresse.

Et plus d'alcool, a-t-il ordonné.

— Même une bière est une bière de trop pour votre mère.

Après quoi il a semblé soulagé.

Il a rejeté avec fougue ses mèches blanches vers l'arrière de son crâne, m'a montré l'air de rien ma numération sanguine et mes résultats, a jargonné en latin et fini par résumer la chose en disant qu'une greffe de moelle osseuse n'était malheureusement pas envisageable. Ma mère n'avait pas les bonnes caractéristiques tissulaires. Le recueil de cellules souches était impossible.

Voilà en gros les termes qu'il a employés.

Il m'a donné une tripotée de nouveaux médicaments, dont au moins la moitié pour maman.

Au moment de nous séparer, il s'est contenté de cligner gaiement des yeux et de tendre sa paluche au patient suivant, et j'ai compris que c'était la fin.

Tout ça pour ça.

Soudain, le pudding s'est rendu compte qu'il ne resterait bientôt plus rien de lui.

Sur Internet, il existe désormais un certain nombre de pages fréquemment visitées avec des conseils comme : « Pour se briser les cervicales à l'aide d'une corde quand on pèse 70 kilos, il faut tomber d'au moins 2 mètres (hauteur minimale). »

Ou : « Quand on saute du sixième étage, l'issue est mortelle dans 90 % des cas. Essayez d'atterrir sur du béton. »

Je connaissais ces pages par cœur.

Mais même sans en avoir connaissance, j'aurais su quoi faire.

Il y a des moments comme ça où on le sait précisément.

C'est comme un état second, le ciel ressemble à un vieux jean, quelque chose de silencieux, de lourd pèse sur les rues, et tu as un objectif en tête.

Je suis rentré à la maison d'humeur morose.

Le taxi m'a déposé au bout de l'allée.

À côté du garage, j'ai aperçu Stiefi et Babs en compagnie de plusieurs messieurs du traiteur. Ils préparaient les fiançailles avec des joues très rouges. J'ai failli leur dire qu'ils devaient annuler pour cause de décès.

Mais d'abord, j'allais faire en sorte que ce décès ait lieu.

Allez, me suis-je dit, profite de ton abattement.

Fais vite !

Je me suis précipité dans la maison de la tante. Käthe n'était pas là. Sans perdre de temps, j'ai déchiré plusieurs boîtes et vidé tous les restes de mort-aux-rats et d'insecticide que j'ai pu trouver dans une bouteille de Coca de deux litres à moitié vide. J'y ai ajouté une bonne dose de sucre, et j'aurais bien terminé par une rasade de vodka, sauf qu'il n'y en avait pas. Le soleil couchant, à travers la fenêtre, donnait au mélange une magnifique teinte jaune d'or scintillant qui pouvait faire penser à du darjeeling.

Apaisant. Antibactérien. Doux.

Ainsi équipé, je suis sorti sur la véranda, réconcilié avec toutes les cérémonies du thé de ce monde. Un triangle d'oies se frayait un chemin vers l'autre rive. Je comprends parfaitement les gens comme Randa de *Pretty Persuasion* qui prennent leurs cliques et leurs claques sans dire au revoir à personne.

J'ai décidé de nager au large dès que j'aurais ingéré la mixture.

Je craignais seulement le goût.

À ce moment-là, on a sonné à la porte.

Trois fois.

En tremblant, j'ai porté la bouteille à ma bouche pour me laver de tout le mal que j'avais dit ou fait.

Et là, j'ai entendu une petite voix gazouiller dans mon dos : « Moi aussi, j'ai soif ! »

Incrédule, j'ai tourné la tête et aperçu ma fille plantée sur la véranda. Elle s'est balancée d'un pied sur l'autre et a grimacé un sourire ambré sans oser me sauter au cou.

Derrière elle se trouvait Mara, qui m'a demandé pourquoi je n'ouvrais pas.

J'ai tout vidé sous les planches de bois.

23

MARA NE POUVAIT PAS rester longtemps. Elle comptait repartir aussitôt pour son atelier psycho-astro au bord de la mer Baltique.

Nous avons traversé le jardin. Stiefi et Babs n'étaient plus là. Le soleil se terrait derrière une bande de nuages bleu foncé.

J'ai raccompagné Mara à sa guimbarde. Elle s'était garée au bout de l'allée sous prétexte qu'un jour, elle avait juré de ne plus jamais remettre le pied sur la propriété de mes parents. Résultat, elle avait laissé sa bagnole dehors, en guise de compromis.

Elle m'a dit qu'elle serait de retour d'ici quelques jours et qu'elle était désolée de ne pas avoir appelé. Elle m'a aussi demandé comment j'allais. Elle m'a regardé droit dans les yeux d'un air scrutateur. Il n'y a personne qui me connaisse mieux qu'elle.

Tout allait pour le mieux, ai-je répondu.

Charlotte s'est empressée d'ouvrir une valise à côté de la voiture et de répandre son linge dans l'herbe sans nous écouter. Elle était toute rose, avec les veines qui ressortaient sur ses tempes, comme soulignées au crayon de couleur.

Un peu sonné, je lui ai posé un baiser sur le haut du crâne alors qu'elle n'était déjà plus d'accord l'hiver d'avant.

Elle a protesté en couinant, et de manière générale, c'était un vrai cliché de la petite fille de neuf ans. Ses cheveux sentaient le foin, et au moment des au revoir, j'ai dit à Mara qu'elle ressemblait toujours à Louise Brooks car j'avais envie de lui dire quelque chose de gentil.

Elle avait un peu vieilli, sa peau avait un éclat cireux, et le chagrin se voyait sur son visage. Elle parlait, mais malgré ce qu'elle disait (elle disait des choses pleines de vie), elle me faisait l'effet d'une lampe de poche que personne n'utilise plus.

En guise d'au revoir, elle a pincé la bouche en cul-de-poule et lancé un baiser dans les airs. Presque comme avant. Tu aurais dû briller, petite lampe de poche, sauf qu'il n'a jamais fait vraiment noir. À moins que tu n'aies pas eu de batterie.

À l'époque, Mara était la plus jolie fille de tout le lycée. Sa vie, qui avait tout pour être formidable et excitante, n'était désormais qu'une succession de cours de récréation vides.

Elle m'a mis une tape scoutesque sur le ventre et est montée dans sa guimbarde.

Elle était toujours incapable de démarrer un moteur.

Il a poussé un glapissement de douleur, et j'ai lentement inspiré l'air chargé d'essence par les narines jusqu'à ce que la voiture prenne le premier virage.

Dans la maison de la tante, j'ai défait le reste de la valise avec Charlotte.

Mon regard s'est posé sur une grosse boîte enroulée dans un torchon.

— Qu'est-ce que c'est que ça ? ai-je demandé en la déballant.

— Mes souris blanches. Elles s'appellent Karl et Fred.

— Je ne veux pas de souris ici.

— C'est maman qui me les a offertes pour mon anniversaire. Et Stefan qui a acheté la cage. Stefan est en Égypte maintenant.

— Je sais.

— Je les trouve trop mignonnes.

— Les souris donnent le cancer, ai-je dit.

— C'est pas vrai ! a-t-elle répliqué d'un ton boudeur. En plus, tu as déjà le cancer !

Je m'en suis voulu d'avoir balancé le joli poison.

Elle m'a montré son bulletin scolaire. Elle n'avait que des 9 et des 10. À chaque 10, je devais débourser cinq euros, à chaque 9, la moitié. Ça finissait par faire une belle somme. Sous « Remarques », il était écrit : « Charlotte est trop sur la réserve et devrait faire preuve de plus de camaraderie. »

Ensuite, je lui ai fait des spaghettis carbonara.

J'ai mis de l'eau sur le feu, et alors que ça commençait à bien bouillir et que les pâtes étaient presque *al dente*, Charlotte a trouvé deux petites plaquettes de chocolat Ritter Sport dans la huche à pain et les a englouties en l'espace de trois minutes.

Après ça, elle n'avait plus très faim pour les spaghettis.

Du coup, elle en a donné une bonne partie à Karl et Fred qui se sont fait un nid avec.

— Regarde, Karl et Fred se font un nid ! a-t-elle lancé.

— Oui, ai-je répondu. Je ne trouve pas ça génial. On ne joue pas avec la nourriture.

— Je sais, a-t-elle rétorqué d'un ton supérieur. On gâche beaucoup trop de nourriture dans le monde. Et en Éthiopie, les bébés meurent de faim. C'est maman qui me l'a expliqué. Et maintenant, je suis chez les Petits Nains de Greenpeace.

— Mange !

— Est-ce que tu aimes les baleines ?

— Non.

— Chez les Petits Nains de Greenpeace, on aime les baleines. Elles sont chassées comme pas permis. Sauf les marsouins. Il y en a encore beaucoup. Mais ils ne font que trois mètres de long, et ils donnent moins d'huile de foie.

— C'est bien que tu aies sonné.

— Je trouve ça bizarre que tu n'aimes pas les baleines. Franchement ! Tu n'aimes pas les baleines. Tu n'aimes pas les souris. Qu'est-ce que tu aimes, alors ?

Je n'aime que les animaux qui se mangent, et c'est ce que je lui ai dit.

Après les spaghettis, j'ai pris quelques-uns des nouveaux médicaments et essayé d'envoyer Charlotte une heure au lit.

— Oh là là ! Est-ce que je peux au moins prendre un *Mickey* ?

— Pas de problème.

Elle est partie en traînant les pieds, a attrapé *Donald seul à bord* et s'est glissée dans le lit de maman.

Elle s'est couchée sur le ventre pour lire. Au bout d'un moment, ses lèvres se sont mises à lire aussi sans bruit. Ses pieds montaient et descendaient au ralenti comme des pistons, et son gros orteil droit a fini par entreprendre d'enrouler sa chaussette gauche sur son pied jusqu'à ce qu'elle tombe dans un coin le cœur brisé.

J'ai fait la vaisselle et regardé l'heure. La nuit tombait déjà. Par la fenêtre, j'ai vu Käthe traverser la pelouse en titubant sous un ciel d'une obscurité théâtrale qu'elle avait manifestement réservé pile pour ce moment.

Elle était ivre.

Évidemment, personne ne l'avait surveillée pendant le temps où j'étais chez le médecin. Où qu'elle ait été, c'était un endroit avec beaucoup de Moët et Chandon.

Elle est passée devant moi en coup de vent.

— Böcklchen ! a-t-elle hurlé.

Je lui ai dit de baisser d'un ton, mais elle s'est contentée de crier plus fort :

— Böcklchen, cette fois, je t'ai !

Dans sa main, elle serrait une des chopes à bière de papa, avec un couvercle en étain tout simple, grise, sans fioritures et pleine d'eau-de-vie.

Elle m'en a proposé un peu.

— Non merci. Reprends-toi, maman. Il y a quelqu'un.

— Böcklchen !

— Tu ne boiras plus jamais, tu m'entends ? Plus jamais ! Le médecin a dit que c'était très dangereux !

Je lui ai pris la chope et j'ai voulu lui montrer les médicaments que le professeur m'avait donnés pour elle.

— C'est qui ça, papa ?

Charlotte s'appuyait dans mon dos, entortillant pensivement ses cheveux, et regardait ma mère, fascinée. Käthe s'est frotté les yeux.

— Böcklchen, a-t-elle soufflé, intimidée par l'enfant.

J'ai posé la chope dans l'évier.

— C'est ta mamie, Charlotte.

— Je croyais que c'était mamie Stiefi qui était ma mamie ?

— Elle aussi.

— Et mamie Frieda ?

J'ai hoché la tête.

— Alors j'ai trois mamies, cool ! C'est quoi, le nom de la nouvelle ?

Soudain, Käthe a eu l'air toute faible. Je l'ai emmenée dans sa chambre.

— Écoute, Charlotte. Tu ne peux pas venir. Mamie est malade. Ça n'est pas possible, c'est tout.

— Mais je peux lui jouer de la musique. Comme ça, elle ira mieux. Maintenant, je sais jouer *La Valse des puces*. Je ne te l'ai pas dit dans ma lettre ?

Elle a sautillé jusqu'au piano pour jouer *La Valse des puces* pendant une demi-heure. Après ça, j'étais tellement au fond du seau que j'avais envie de crier, et la nouvelle mamie couchée sur son lit murmurait son stoïque « Böcklchen » pour elle toute seule.

C'est en mettant la chope sous le robinet de l'évier que j'ai compris ce qu'elle voulait dire.

Sur le couvercle en étain étaient délicatement gravés les mots suivants : « De la part de Böcklchen à son cher Gebhard, Göttingen, 15/02/1965. »

24

ANSGAR PRENAIT un plaisir manifeste à préparer les fiançailles. De toute évidence, il aimait les fiançailles, exactement comme papa.

Au dîner, papa ne parlait que de ça.

Il était emballé par la fiancée (« Tu as vu comme Babs tenait le couteau à poisson ? Il faut avoir été à bonne école ! »), et les parents de Königsberg lui donnaient également toute satisfaction. « Au fond, on n'épouse pas une femme, disait-il, on épouse ses parents. »

Malheureusement, Charlotte ne maniait pas le couteau à poisson avec l'habileté d'une enfant de bonne famille, et quand je me suis mis à rire, papa m'a regardé d'un air sévère.

— Alors, quand aurons-nous les résultats de la ponction ?

— J'ai oublié.

— Quoi ?

— Je sais déjà.

— Et ?

— Pas terrible.

— Ah, a dit papa.

Puis Stiefi m'a demandé si je voulais encore de la truite.

Je me suis tourné vers Gebhard.

— Tu connais une Renate Böckl, papa ?

Son visage est resté de marbre. Il m'a regardé avec une sévérité décroissante pendant que ses dents broyaient pensivement une joue de truite. Pour finir, son échec à se souvenir a voilé ses traits, et il a fait signe que non d'un air triste. Non, il ne connaissait pas de Renate Je-ne-sais-quoi.

Plus tard, il a pleuré devant une photo de moi enfant.

À maman, ils ont accordé deux jours supplémentaires dans la maison de la tante.

Ensuite, elle devrait vraiment s'en aller.

Sa mission était terminée. Point de salut, mère. Elle n'avait plus qu'à mettre les voiles pour retourner dans le néant d'où elle venait.

Je lui ai fait promettre de ne plus jamais toucher à l'alcool. Plus de petit coup de bibine ni de gnôle. Plus une goutte. Je lui ai répété ce que le professeur Freundlieb avait dit.

Elle a juré. Adossée au bouleau au pied de la véranda avec son ombre projetée sur le gazon, elle a juré. Et après avoir juré, elle a raclé les glaires au fond de sa gorge et craché sur son ombre comme pour appuyer ses dires. Ce faisant, elle a pris une mine solennelle et essuyé, l'air perdue dans ses pensées, les glaires dégoulinantes sur la manche que j'avais cousue pour elle, avec d'autres manches et tout ce qu'il y a au bout, seule conséquence d'un exil qui n'en aurait aucune pour elle.

Je lui ai confectionné deux autres robes en coton vert bouteille dans lesquelles elle pourrait passer dignement les jours à venir à l'aide sociale. Elle était calme et sereine.

Elle m'a juste demandé de chercher cette Renate Böckl de sinistre réputation, et comme je voulais être gentil avant qu'elle s'en aille, je lui ai accordé cette faveur.

Sur l'ordinateur d'Ansgar, j'ai écumé Internet. J'ai passé au peigne fin les pages jaunes et blanches, les résultats des recherches par mots clefs, l'annuaire de l'association professionnelle des esthéticiennes indépendantes (elles s'appelaient presque toutes Renate), et j'ai même réussi à me procurer une liste de tous les connards d'avocats ayant exercé en 1964-1965 dans la circonscription Göttingen/ Braunschweig.

Mais je n'ai pas trouvé de Renate Böckl, ni de Renate Böckell, de Renate Pöckl ou de Renate Böckelchen.

Elle avait dû se marier.

« Il faut faire appel à une agence de détectives, disait Käthe. Après tout, Gebhard m'a mis un limier aux trousses, alors pourquoi pas moi ? Mais j'en veux un bon. Comme celui de Gebhard. Au refuge pour SDF, il m'a fait un baisemain et m'a embarquée dans une limousine tout confort. C'est un détective comme ça qu'il nous faut, Jesko. Un charmant. »

Je me suis tourné vers Ansgar.

— Tu débloques, s'est-il contenté de répondre.

Il avait beau avoir raison, quelque chose me contrariait. C'était ce curieux savoir que je détenais : Ansgar souffrait d'une blessure dont j'ignorais la nature. J'aurais bien aimé l'oublier, sauf que ce n'était pas possible. Je n'étais pas poussé par la curiosité ni par l'inquiétude mais par un délirant sentiment de supériorité. C'était exactement ça. Je trouvais ça répugnant. Mais pas répugnant au point de l'autoriser à me dire « tu débloques » comme ça.

— Les synapses détraquées de maman ont déteint sur toi ! s'est-il énervé. Tu imagines papa avec un enfant illégitime ?

— J'imagine tout un tas de choses, ai-je répondu.

Ansgar détalait devant moi dans le bureau-d'ici comme la souris que je pourchassais la nuit.

— Il l'aurait dit depuis longtemps. Et il y aurait eu un test sanguin. C'est quand même papa qui a eu l'initiative de tout ça.

— Peut-être qu'il a honte.

— Honte ? Il a même fait venir maman !

— Alors pourquoi il nie l'existence de cette Renate Trucmuche ?

— Il n'y a pas de Renate Trucmuche !

— Et ça, c'est quoi ?

Furieux, j'ai sorti de ma poche ce que je voulais lui montrer, révolté par sa résistance.

— C'est un gobelet en étain.

— Ah bon ? ai-je fait en montrant le couvercle gravé.

— Et qu'est-ce que tu veux que ce soit d'autre qu'un gobelet en étain de merde, Jesko ?

— C'est un rappel ! me suis-je écrié. C'est une clef dissimulée par la réalité ! La réalité n'est qu'un aperçu ! Nous sommes tous victimes d'une illusion séman…

— Bon sang, Jesko, a sifflé mon frère, tu débloques vraiment !

Maman a proposé de fouiller dans les papiers de papa. Puisque personne ne voulait lui payer de limier professionnel, il allait falloir chercher des pieuvres (elle voulait dire « preuves ») par nos propres moignons (elle voulait dire « moyens »). Je n'avais pas de temps à perdre, m'a-t-elle dit. Quelque part dans le vaste monde, le soldat inconnu, mon demi-frangin, prenait des forces pour me sauver la vie.

Maman est tombée à genoux devant moi et s'est métamorphosée en Italienne pathétique, celle qu'elle avait incarnée cinquante ans plus tôt dans un film tombé depuis longtemps aux oubliettes.

C'était trop pour moi. Cambrioler la forteresse de mon père, non merci.

— Cambrioler, cambrioler, a marmonné ma mère. Tu ne comprends pas, tu doutes toujours de tout, tu tiens ça de moi, c'est biologique, mais avec ça (elle montrait son crâne), on peut quand même agir. Dans les papiers, il y a des choses. Papa ne jette jamais rien. Il n'a jamais rien jeté. Renate Böckl, on va la trouver. Si tu ne me suis pas, j'irai toute seule. Je te le promets. Et si je ne trouve rien, je mettrai le feu à ses foutus papiers. Je réduirai sa maison en cendres. J'en suis capable.

En soupirant, j'ai cédé pour éviter le pire.

Nous avons couché Charlotte. Elle ne voulait pas dormir.

Et là, le corps lourd de Käthe s'est abattu sur le lit, comme sorti d'une presse à ferraille, formant un angle droit avec Charlotte. Elle s'est mise à chanter, d'une voix de crécelle et sans mélodie, mais j'ai reconnu une vieille chanson en patois, l'ombre d'une chanson, qu'elle chantait souvent avant, à l'heure du bain, destinée aux moutons de mes arrière-grands-parents.

Et même Charlotte s'est tue, plus effrayée qu'impressionnée, elle a remonté sa couverture, et nous avons pu y aller.

25

TOUT ÇA m'était désagréable à un point.

La délivrance apportée par la nuit.

La pleine lune palpitante.

Les indéniables barreaux du rez-de-chaussée.

Nous sommes entrés par la porte latérale de la villa. J'avais fait exprès de la laisser ouverte, et l'alarme n'a pas sonné.

Nous avons grimpé jusqu'au premier étage. Le bureau de Gebhard donnait sur le lac. Ce n'était pas fermé à clef.

À la lumière du clair de lune, j'ai déchiffré ce qui était écrit sur les dossiers devant lesquels je passais. Sur une étagère, je suis tombé sur les sept ou huit livres préférés de papa. Dans la pénombre, entre *The Mind of the Leader* et *Optimiser un processus par jour*, j'ai découvert un petit livre de poche : *Sénèque pour les managers. Un livre pour tous les chefs*. Textes choisis et traduits par Gregor Schlomp, économiste.

J'ai voulu faire demi-tour sur-le-champ, mais maman a allumé la lampe de poche et ouvert la grande armoire vitrée. Les charnières ont grincé. Le faisceau de la lampe de poche s'est arrêté sur de petites étiquettes. Elles étaient collées sur cinq boîtes en carton empilées les unes sur les autres. Sur celle d'en bas, il était écrit « Réminiscences ».

Ce terme dont le côté chic et intello n'était pas le genre de papa m'a intrigué.

Comme je ne savais de toute façon pas ce que je faisais ici, j'ai tiré la boîte en carton et je me suis installé au clair de lune avec elle. Quand j'ai ouvert le couvercle, une odeur de renfermé et de cave humide m'a sauté au nez.

Pendant que maman entreprenait de passer en revue les dossiers sur les étagères, j'ai sorti de vieux papiers du carton, des documents officiels de Riga ou de Tartu, des décorations tsaristes, et pour finir un album photo à l'odeur pestilentielle.

Les clichés luisaient d'un éclat pâle dans l'obscurité. Ils étaient comme souillés, résineux, la couverture semblait friable au toucher, les pages étaient difficiles à tourner, agglutinées les unes aux autres. À croire qu'on les avait enduites de colle.

Je ne comprenais pas. Les albums photo sauvés lors de la fuite et du départ forcé de ma famille étaient tous rangés dans la bibliothèque. Un étage plus bas. Cet album était le seul à se trouver ici.

Pourquoi ?

Avant d'avoir pu étudier les clichés de plus près, j'ai remarqué quelque chose d'encore plus mystérieux.

Au fond de la boîte se trouvait un objet de taille moyenne. Je l'ai attrapé et ai d'abord cru qu'il s'agissait d'un presse-papier, puis d'une boule de cristal. En l'approchant de la fenêtre, je me suis aperçu que c'était un morceau de résine en forme de demi-sphère avec à l'intérieur une tête de lézard tranchée qui m'adressait un sourire narquois.

J'étais troublé de trouver ça au milieu de tous ces documents. L'espace d'un instant, j'ai oublié Käthe, et c'est l'instant qu'elle a choisi pour forcer le vieux secrétaire de papa (Empire, marqueterie de bois de hêtre) à l'aide d'une paire de ciseaux.

Ça a fait un bruit assourdissant. La lampe de poche de maman est tombée sur les vieilles lettres d'amour de papa. Elles se sont insinuées en elle en une fraction de seconde. À chaque lettre, elle gémissait.

— Salaud ! Espèce de salaud !

J'ai lâché la boîte pour essayer d'éloigner Käthe, de la sortir de là, mais elle est redevenue guerrière. Elle déchiquetait les lettres en mille morceaux. Un confetti m'a ébloui. La situation était en train de m'échapper. Mon Dieu, dans quoi est-ce que je m'étais embarqué ?

Au moment où je venais de prendre la décision de jeter ma mère par la fenêtre (on n'était qu'au premier étage, et il y avait un gros buisson de sureau tout mou en bas), elle est devenue silencieuse.

Elle est devenue silencieuse. Pour de bon.

Je me suis approché d'elle, et elle m'a fourré quelques papiers dans la main.

Je ne la connaissais pas silencieuse.

J'ai pris la lampe de poche, et j'ai lu.

J'ai lu, de telle sorte que je n'ai entendu ni maman pleurer à côté de moi ni Ansgar entrer dans la pièce.

— Qu'est-ce que vous faites ici ?

Vêtu de son pyjama soleil, lune et étoiles, il se tenait dans l'encadrement de la porte, avec les yeux bouffis et une coiffure qui ne pouvait que déplaire à maman.

Je lui ai dit ce qu'on faisait ici.

Il n'a pas trop réagi, et soudain, la lumière s'est allumée. Mon père était là aussi, en belle robe de chambre de magnat. Les mains sur les hanches, il a tout nié en bloc.

— Mais c'est ici, papa ! Cette Renate t'écrit... Tu veux que je te lise ?

— C'est de la folie pure ! Elle a tout inventé. Je n'ai pas d'enfant avec elle ! C'est n'importe quoi.

— Et tous ces versements ?

— Absurde !

— Que des versements en espèces. Douze mille euros par an ! En tout, près d'un demi-million versé à une ancienne conquête ? Pour quoi, papa ?

— Ça ne te regarde pas ! Comment oses-tu ? Comment oses-tu t'introduire ici ? Tu me fais du mal, Jesko !

— Je t'en supplie, dis-moi la vérité !

— Tu t'introduis chez moi en pleine nuit, tu retournes mon bureau, tu déchires des lettres, tu m'espionnes, tu m'accuses de choses graves ! Qu'est-ce qui te prend ?

— La vérité, espèce de vieux salopard ! a crié maman.

Effondrée par terre, elle sanglotait sans retenue.

— Tu crois cette vilaine bonne femme, Jesko ? Tu as oublié ce qu'elle t'a fait ? Ce qu'elle nous a fait à tous ? Cette hypocrite, cette folle, cette bête qui ne tient même pas sur ses pieds ?

— Arrête, papa !

— Est-ce que je n'ai pas tout fait pour toi ? La meilleure formation, le plus grand soutien qu'on puisse imaginer ? C'est ma faute si tu n'as réussi à rien ?

— La vérité !

— Oui, c'est facile de se planter là en hurlant : « La vérité ! » Mais la vérité n'est pas toujours simple. Je ne me justifierai pas devant toi, fils ! Ça n'arrivera pas !

— Alors je la trouverai tout seul.

— Tu ne feras rien du tout ! Ne te mêle pas de cette histoire ! Je te l'interdis.

— Allô la Terre ! Allô la Terre ! Dieu l'interdit !

— Ce n'est pas le moment de faire ton cirque, Jesko !

— Oh, je fais mon cirque ? C'est la fête, papa, on souhaite la bienvenue au nouveau frangin !

Je lui ai jeté les relevés de compte aux pieds.

Mon père s'est tu. Il a regardé derrière moi et, en suivant son regard, je me suis rendu compte qu'il avait aperçu l'album photo. Il était ouvert par terre, sous la fureur éclatante du plafonnier, et la lumière a soudain révélé pourquoi les pages avaient l'air cachetées les unes aux autres. Pourquoi l'album empestait. Pourquoi il n'était pas au rez-de-chaussée.

Il ne pouvait pas y être. Car il était enrobé d'une couche brune de sang séché, et dans notre bibliothèque, ça n'aurait pas fait bon effet, un album de famille imprégné de sang.

Papa s'est figé.

Il a dit d'une voix presque douce :

— Tu ne franchiras plus le seuil de chez moi. Je ne veux plus te voir ici. C'est clair ?

Il s'est avancé, s'est penché, a attrapé l'album et l'a refermé. Puis il s'est baissé une seconde fois pour ramasser la tête de lézard.

— Et maintenant, va-t'en, et prends ta mère ou ce qu'il en reste !

— Tu es intenable, Jesko, a dit Ansgar.

Je l'ai regardé.

— Ah bon ? Est-ce que tu as bien compris ce qu'on vient de découvrir ? Dieu préfère me laisser crever plutôt que d'avouer qu'il a couché à droite et à gauche !

— Ne parle pas comme ça de papa !

— Ha, couché à droite et à gauche, exactement ! a glapi ma mère.

— Mets-le dehors, Ansgar !

— Vous savez, cher Dieu, ai-je craché à mon père, si vous continuez ainsi, vous allez finir à la télé !

— Je t'ai dit de ne pas parler comme ça ! a crié Ansgar.

— Tu étais au courant, frérot, pas vrai ? Qu'est-ce que Dieu t'a proposé pour que tu fermes ta gueule ? Une petite limousine ? Une plaque à ton nom au bureau ? Il va te falloir un paquet de groupes de parole pour te soulager de ça, mon vieux !

Ansgar m'a attrapé par le bras.

— Je te conseille d'y aller maintenant !

Je me suis échappé, me suis précipité sur mon père et j'ai crié dans le blanc de ses yeux sur lequel ses paupières se sont baissées au moment où son hoquet commençait.

— Est-ce que tu sais, Dieu, qu'Ansgar a une araignée au plafond ? Le psycho perd la boule ! Accro à la bouffe ! Aux vomissements ! À la drogue ! Une connerie de ce genre !

— Jesko ! a lancé Ansgar, le souffle court, en me rattrapant.

— Et ses copines, elles baisent à s'en faire péter la cervelle ! Elles ne font que baiser tout le temps ! Baiser, baiser, baiser…

Mon frère m'a mis un coup de poing dans le ventre.

Selon Sénèque, chaque famille est semblable à une voûte qui s'effondrerait si les pierres ne se soutenaient pas les unes les autres. C'est la tendance à l'effondrement qui fait tenir l'arc.

Mais que se passe-t-il si les pierres tombent en poussière toutes en même temps ?

J'ai pris un autre coup. Quelqu'un a crié, et tout s'est mis à tournoyer sous mes yeux. Mon menton a explosé, j'ai été soulevé dans les airs, j'ai vu maman sauter par la fenêtre avec des lettres à la main, j'ai entendu le choc dans le buisson de sureau duquel quelques oiseaux ont jailli. Puis d'autres coups m'ont scellé les yeux, et soudain, au milieu du vacarme, j'ai compris quel était le problème de mon frère.

26

L'INTERNAT que nous fréquentions tous les deux se trouvait au bord du Kocher, une rivière perdue dans ses pensées avec de jolis bras aux flots paresseux dans lesquels les nouveaux étaient plongés à chaque mois de septembre.

Ensuite, on était membre du club des « minables » et des « coincés » pendant environ un an, jusqu'à devenir « génial » ou « pervers ».

C'étaient les appellations officielles des garçons qui avaient réussi. On était génial quand on était considéré comme un bon pote sur lequel les autres pouvaient compter. Les pervers étaient craints au plus haut point, ils rendaient dingues les professeurs, étaient le plus souvent assis au dernier rang et avaient des histoires avec les filles.

Schalke était un pervers tout craché. Il avait piqué son soutif à la petite Derjahn, une douce externe que je trouvais absolument charmante. Selon lui, elle bougeait bien au lit, mais elle avait des poils sur les seins, juste à côté du téton, trois ou quatre, et c'était vraiment dégoûtant.

Tout le monde admirait Schalke, et parfois, quand on jouait dans son équipe et qu'on marquait un but ou qu'on mettait un adversaire KO, en signe de reconnaissance, il vous laissait renifler le soutif de Derjahn en grande pompe – il vous collait un bonnet sous le nez comme un masque à oxygène, c'était un adoubement.

Je m'étais grillé auprès de lui la fois où j'avais refusé le bonnet.

Cette semaine-là, j'étais de corvée de lait avec la petite Derjahn, et pendant que nous remplissions les verres pour le goûter, elle m'avait raconté que, plus tard, elle voulait être actrice.

Étant déjà plutôt porté sur l'amour courtois, j'avais trouvé particulièrement douloureux le contraste entre sa future aura d'immortalité et la poche arrière trempée de sueur du jogging de Schalke dans lequel le soutif était, hélas pour lui, fourré. J'avais refusé de sniffer son sous-vêtement.

C'est une des raisons, et pas la moindre, pour lesquelles, dans la hiérarchie de l'internat, j'étais classé dans la catégorie « pédales ».

Si Ansgar ne m'avait pas protégé, je me serais même retrouvé dans la lie des « connards ». Être un connard était la pire chose qui pouvait vous arriver. Comme j'avais sauté une classe, j'étais le plus jeune et le meilleur de tous nos camarades de seconde, et Ansgar était le plus mauvais et le plus vieux, car il avait redoublé. À l'époque, ses certificats *summa cum laude* n'étaient pas d'actualité, on n'en voyait pas l'ombre. Il n'avait de bonnes notes qu'en sport. Pour le reste, c'était une catastrophe, et je faisais en général les devoirs pour deux.

Quand Schalke ou les autres crétins m'approchaient de trop près, il se joignait discrètement à moi, et l'affaire était réglée. Ils avaient du respect pour lui. Il n'était ni génial, ni pervers. Comme moi, il était différent des autres, sauf qu'il était plus fort et plus sûr de lui, et surtout, il ne parlait pas beaucoup. On ne pouvait pas lui coller d'étiquette, et il ne se laissait jamais faire.

On se foutait souvent de nous parce qu'on nous prenait pour des fils à papa pleins aux as. Dans ces moments-là, Ansgar avait ce don merveilleux de s'emporter pile quand il fallait. J'étais subjugué par sa capacité à se fâcher ou à faire semblant de se fâcher sans perdre son sang-froid, comme s'il se mettait dans cet état pour atteindre un objectif précis. Je n'ai jamais réussi à simuler quoi que ce soit. Même Schalke, qui était une armoire à glace et dépassait mon frère d'une demi-tête, le laissait généralement en paix parce qu'il craignait ses explosions.

Un jour, dans les douches, Ansgar m'avait dit que je ne me lavais pas correctement la bite. Il m'avait montré comment il s'y prenait, et j'avais essayé de faire pareil, mais en vain. Il s'était penché et, malgré mes protestations, s'était mis à me tripoter, sans plus de réussite que moi.

À l'époque, j'avais quatorze ans, j'étais un grand sensible, et je m'étais donc énervé quand les médecins avaient décrété que mon prépuce était trop serré. Phimosis à l'état latent.

Finalement, j'avais dû accepter d'être hospitalisé pour me faire circoncire.

Quand j'étais revenu à moi après l'opération, un nuage de blouses blanches était en train de s'éloigner, laissant sur place un homme qui était mon père. Dans mes souvenirs, il avait déclaré : « Enfin, c'est juste un bout de peau ! »

C'était censé être un encouragement.

Puis il avait toqué contre les murs de ciment d'un air connaisseur en me souhaitant de pouvoir bientôt retourner à l'école.

Matin, midi et soir, une abominable infirmière venait enduire de crème mon membre couvert de croûtes de sang car on m'avait attaché les mains au lit de peur que je m'en serve. Dégoûté et honteux, je détournais les yeux, mais la situation n'avait pas l'air de la gêner.

J'étais sorti beaucoup trop tôt de l'hôpital, trop tôt pour retourner en internat. Trop tôt pour une pédale, c'était clair.

Dès que j'étais entré à pas raides dans les douches, j'avais su que ça n'allait pas être une partie de plaisir.

Schalke était en train de lancer un couteau finlandais sur la paroi en bois, deux pervers hilares étaient plantés à côté de lui, tout juste douchés. Madness hurlait à la mort dans un magnétophone.

D'abord, ils n'avaient pas fait attention à moi. Mais au moment où j'allais repartir, mon peignoir s'était ouvert.

— Hé, Schalke, le pédé n'a pas de bite !

— Montre voir si tu as une bite, Jesko.

J'avais refermé mon peignoir.

— Ah, c'est dur, mon pote, pas de bite, la nana !

— C'est vrai, Jesko ? C'est vrai, ce que ce jeune homme essaye de nous dire ?

— Il a perdu sa langue.

— Alors on va vérifier nous-mêmes.

— Non, avais-je dit - et c'était une erreur.

Un des pervers m'avait attrapé par-derrière, l'autre avait ouvert mon peignoir. Schalke avait contemplé la plaie d'un air amusé.

— Mais c'est qu'il y a quelqu'un !

— C'est vivant ?

Schalke avait trifouillé ma cicatrice avec son couteau. Ça faisait un mal de chien.

La porte s'était ouverte à la volée. Ansgar était entré, avait vu ce qu'il se passait, fermé la porte et éteint le magnétophone.

Silence.

Un robinet gouttait.

Les choses allaient devenir sérieuses.

Même Schalke le savait. Il s'était redressé.

— T'emballe pas. On rigole juste.

Ansgar s'était dirigé vers lui. Étonné par son teint cadavérique, j'avais étudié cette pâleur mortelle jusqu'à ce qu'elle soit cachée par Schalke, qui m'avait tourné le dos. Des rires de filles venaient de dehors.

Puis Ansgar avait fait quelque chose avec sa tête. Schalke s'était effondré sur lui-même en glapissant, le couteau lui avait glissé des mains. Les pervers n'avaient pas bougé. Mon frère avait mis des coups de pied dans le visage de Schalke, ça faisait un bruit de parachutes qui s'ouvrent juste au-dessus du sol. C'est là qu'il s'était mis à crier. Il s'était penché en criant, avait brandi le couteau en criant et s'était accroupi derrière Schalke. En criant, il avait fait quatre rapides entailles dans son crâne, avait tiré sur ses cheveux de toutes ses forces et l'avait scalpé d'un coup sec. Ensuite, il s'était tu.

Le truc bizarre, c'est que ça n'avait pas saigné, en tout cas pas au début.

À l'arrière du crâne de Schalke, il y avait une zone blanche et osseuse, de la taille et de la forme d'un petit porte-monnaie, et Schalke avait laissé ses mains retomber et regardé d'un air surpris une touffe de ses cheveux voler jusque dans le lavabo.

Même papa avait eu du mal à étouffer l'affaire.

Il pouvait difficilement dire : « Enfin, c'est juste un bout de peau ! »

Il avait pris en charge les aspects juridique et médical, avait donné une belle somme à l'Association des amis de l'internat Martin-Luther, mais il n'avait pas pu empêcher qu'Ansgar soit viré. Nous avions tous les deux quitté l'établissement et, à partir de ce moment-là, fréquenté des lycées différents.

Un psychologue avait décrété que nous étions trop fusionnels.

Par la suite, Ansgar s'était retrouvé mêlé à d'autres bagarres, mais le plaisir que ça lui procurait ne m'était jamais apparu aussi clairement que ce jour-là, dans les douches. En découpant le crâne du garçon, il avait le même regard qu'à Noël. Sous sa colère, on sentait une forme de soulagement, d'affranchissement, qui se communiquait à moi par ces voies cérébrales dont la vie est pleine.

Vingt plus tard, pendant qu'il me passait à tabac, j'avais aussi senti chez mon frère le bonheur et l'effroi, l'ardeur et les larmes, et une abjection pleine d'autoflagellation.

« Je suis Ansgar, et je prends plaisir à violenter les autres. Je suis accro à la souffrance pure, à ces moments de douleur, de tourment, de perdition que je provoque. Je suis Ansgar. S'il vous plaît, aidez-moi. »

Non, je ne me doutais de rien.

27

CHARLOTTE A CRU que je sortais d'un de ses rêves. Mais c'était vraiment moi.

— Papa, qu'est-ce qu'il y a ?

— Debout, on y va !

— On dirait un zombie.

Je l'ai embarquée avec moi, elle et rien d'autre à part ma valise de médicaments. Nous avons traversé la pelouse humide de rosée à toute vitesse. Je sentais à peine ma lèvre éclatée. Je me suis arrêté un moment contre un arbre, mais je n'ai pas recommencé à vomir. Nous sommes arrivés à la Mercedes de Stiefi. L'imprudente voiture dormait devant la porte chinoise plutôt que dans le douillet garage de la forteresse. J'avais la clef à la main et j'ai ouvert la portière. Charlotte s'est rendu compte qu'elle avait oublié Karl et Fred. Sans un mot, j'ai activé la sécurité enfant et je l'ai enfermée dans la voiture.

Ma mère avait disparu, avalée par le buisson de sureau et recrachée dans la nuit sans laisser de trace, une nuit fraîche, granuleuse, blanche.

Le maître de maison a surgi du portail, sa robe de chambre au vent. Il avait une carabine à la main. Il est resté planté là avec sa stupide carabine, borné comme une faillite, et une bourrasque a ébouriffé ses cheveux clairsemés pendant qu'il suivait du regard nos phares rouges.

Sur la route, Charlotte a demandé d'un ton larmoyant où on allait. Je lui ai répondu qu'il fallait y réfléchir. Elle a dit qu'une femme qui n'avait pas de nom avait appelé sur mon portable. Quand ? Il y avait vingt minutes.

J'ai regardé l'horloge du tableau de bord. Il était 1 h 30.

— Charlotte ! Je t'ai dit de ne pas toucher à mon portable !

Ce n'était pas mon portable mais toujours celui d'Ansgar, et il était resté sur place, avec Karl et Fred.

Je me suis garé à côté d'une cabine téléphonique et j'y suis entré en boitant.

Sa voix avait l'air lointaine.

Comme si elle avait la gorge prise.

La bouche gargouillant de sang, je lui ai demandé si je pouvais venir. J'avais un problème.

— Moi aussi, a-t-elle répondu.

Je fais des efforts surhumains pour cerner cette nuit fraîche, granuleuse, blanche de manière objective, claire, avec force détails. Mais insister sur cette phrase, sur ce que cette phrase a d'épouvantable et de désespéré, sur ce « Moi aussi » amer et triste qui m'a vrillé l'oreille, c'est au-dessus de mes forces. Peut-être devrais-je simplement dire qu'après cette phrase, elle a retenu son souffle. Je suis certain de ne plus avoir entendu de respiration, et quand j'ai dit « Allô, Cigogne ? » parce que j'avais peur qu'on ait été coupés, elle s'est contentée de raccrocher.

À 2 heures et quelques, nous nous sommes garés devant la maisonnette en briques. Charlotte l'a trouvée super. Style antre de sorcière qui donne la chair de poule. Les fenêtres étaient sombres. Sur la porte, à côté des slogans, un petit papier avec écrit dessus : « Suis dans la remise. »

Nous avons fait le tour de la maison, c'est-à-dire que ma fille sautait devant comme un cabri pendant que je traînais ma carcasse brisée.

Nous attendait un jardin sinistre retourné à l'état sauvage au milieu duquel se dressait une barre pour battre les tapis. Tout au fond, une vieille remise était collée contre un mur en briques, pas plus grosse qu'un chenil, qui semblait constituée de vieilles cagettes de fruits clouées ensemble. J'ai assis Charlotte sur le petit escalier en pierre, elle a fait la tronche. J'ai franchi les dix mètres qui me séparaient de la remise.

Une porte entrouverte.

Je suis entré en boitillant.

La pleine lune brillait à travers un gros trou dans le toit en carton bitumé. Dans le filet de lumière, un tas de ferraille argenté et ensorcelé. Un vieux frigo avec un autocollant « Nucléaire ? Non merci ». Un bric-à-brac d'encombrants. Puis j'ai entendu les souris. Elles étaient au-dessus de moi. Elles logeaient dans les matelas qui avaient été hissés sur les poutres du toit.

J'ai jeté un coup d'œil derrière la colonne d'une chaudière, il y avait une banquette Volkswagen démontée. La lune éclairait une couverture à carreaux chiffonnée au sol. Sur la couverture était posée une paire de baskets défoncées scintillantes de poussière. Dans les baskets se trouvaient des chaussettes noires, et au-dessus des chaussettes, un pantalon en velours avec des jambes dedans. La lune s'arrêtait à hauteur des genoux.

— Papa ?

— Oui, ma chérie ?

— Tu es tombé ?

— C'est rien, ma puce.

— Je peux venir aussi ?

— Oh non. Pas la peine. Reste dehors.

J'essayais d'habituer mes yeux à l'obscurité. Ma respiration s'était emballée. Je me suis approché de la banquette, immobilisé, appuyé sur mes genoux.

Dans le clair-obscur se dessinait une silhouette assise en pull sombre. La tête tranquillement posée sur l'épaule gauche. Quelques mouches bourdonnaient. Il ne restait plus rien de son visage. La balle l'avait entièrement défiguré. Je me suis rappelé qui lui avait donné ce conseil. Puis je me suis rendu compte que je marchais sur l'arme.

J'ai levé les yeux vers la lune qui était suspendue à son clou, blanche, ronde et innocente. Elle avait l'air si insouciante, alors qu'elle devait bien savoir ce qui l'attendait. Quand, dans un avenir proche, nous aurons fait exploser notre planète, même elle n'aura plus de quoi rire, et elle tournera comme une idiote autour d'un champ de ruines sans doute majoritairement constitué de matériaux de la SOLM CIMENT SA.

— *La luna*, ai-je soufflé. *La luna*.

— Qu'est-ce que tu as dit, papa ?

— Rien.

Nous sommes passés par la porte du jardin pour entrer dans la maisonnette en briques. Cigogne était debout dans la cuisine, amorphe, et à la lueur d'une ampoule, elle enlevait des caleçons d'un étendoir. Elle empilait le tout sur la table.

— Qu'est-ce que tu fais ?

Lentement, elle a levé les yeux. Elle était sous le choc.

— Le linge.

— Le linge ? On devait s'occuper de Schorschie.

— C'est le linge de Schorschie.

— Il n'a plus besoin de linge.

Elle a hoché la tête.

Je l'ai prise dans mes bras. Elle s'est cramponnée à moi, et j'ai eu l'impression que mes côtes explosaient une par une. Je sentais le caleçon de Schorschie frotter sur ma nuque, il n'était même pas sec.

Plus tard, pendant que la police sécurisait la zone, Cigogne a expliqué ce qui s'était passé. Il y avait eu une courte dispute. Schorschie l'avait étranglée. Elle voulait déménager. La suite ne mérite pas d'être racontée.

Il était déjà tôt le matin quand nous sommes descendus tous les trois dans un hôtel de campagne. Nous avons pris une grande chambre double et demandé au veilleur de nuit à tête d'oiseau de rajouter un lit pour Charlotte.

Elle dormait déjà, et je l'ai déshabillée. Vu mon état, Cigogne l'a mise au lit, et nous l'avons bordée tous les deux.

Puis je lui ai embrassé le front.

Dans la salle de bains où je nettoyais les restes de sang sur mon visage, j'ai eu le net sentiment d'avoir passé un point de non-retour.

Je suis revenu dans la chambre. Cigogne a examiné ma lèvre éclatée, et je l'ai autorisée à me faire une piqûre. Ensuite, je lui ai enlevé ses lunettes.

Nous nous sommes allongés et nous sommes tristement enlacés, repère l'un de l'autre au fond de ce trou d'aspirateur qu'est le monde.

28

— VOUS AVEZ COUCHÉ ensemble, hier ?

— Comment ça ?

— Je n'ai pas réussi à entendre.

— Non, Charlotte. Il ne s'est rien passé.

— Elle ne t'aime pas ?

— C'est ça.

— C'est parce que tu ne te rases pas, papa !

Cigogne est revenue et nous avons arrêté là notre conversation. Elle était allée prendre un œuf à la coque et une tasse de café sur le buffet. Dans mon assiette, elle a posé une pomme, et dans celle de Charlotte, un morceau de chocolat.

— Des vitamines, a-t-elle dit d'un ton absent.

— Et il y a quoi, comme vitamines, dans le chocolat ?

— Tu as raison.

Elle a repris le chocolat dans l'assiette de Charlotte et l'a mis dans sa bouche. Charlotte est restée sans voix. Puis elle s'est levée, parce qu'elle avait aperçu un piano à queue à l'autre bout de la salle. Elle s'est installée au clavier pour torturer tout le monde avec sa *Valse des puces*.

— Elle est mignonne, ta petite.

— Oui.

— Pleine de vie.

— Comment tu te sens ? Ça va ?

— Je ne sais pas trop.

J'ai hoché la tête.

— C'était un ami, tu sais.

— Oui, terrible.

— Je trouvais ça tellement bien qu'on ne parle jamais de nous quand on était chez tes parents.

— Oui.

— Maintenant, j'aimerais bien parler.

— Ça marche.

— Je suis contente que tu sois venu hier. Que tu sois venu au bon moment. Le bon moment, ça change tout.

— Moi aussi, je suis content.

— Je suis ton bon moment ?

— Qu'est-ce que tu veux dire ?

— Tu sais bien ce que je veux dire. On n'a pas non plus besoin de parler tant que ça.

Elle a aspiré bruyamment son café. J'ai croqué dans la pomme en silence. Un virtuose d'un certain âge s'était joint à Charlotte, et il interprétait pour elle une étude de Mozart à couper le souffle. De temps en temps, elle lui signalait de petites erreurs.

Cigogne a soupiré.

— J'aimerais bien rester avec toi. Les prochaines semaines. Après tout, je suis infirmière…

— Je ne sais pas.

— Ce n'est pas ce que tu t'imagines, s'est-elle empressée d'ajouter, je ne compte pas te sauter dessus. Je ne veux pas donner cette impression. Ne va pas croire que cinq jours après que les autres m'ont larguée ou cinq heures après qu'ils sont morts, c'est ton tour, et pour cinq minutes. Je veux seulement… je me fais du souci pour toi, et j'ai le sentiment que tu te fais du souci pour moi et… C'est déjà beaucoup, non ?

— Ansgar est ton roi.

Elle a secoué la tête.

— Ce n'était pas mon roi. Je n'ai même pas vu de château.

J'ai mordu deux autres fois dans la pomme. Avec une lèvre comme la mienne, manger une pomme n'était pas la meilleure idée.

Puis j'ai attrapé sa main. Elle a tressailli pour de bon. Cigogne, pas la main. J'ai fait glisser la pulpe de mes doigts sur la peau entre ses phalanges. Et c'est tout.

— Écoute… ai-je commencé.

— Chuuut, m'a-t-elle coupé. Ne dis rien !

Nous sommes restés assis là comme deux ados débiles.

29

LE SOIR, nous avons rebroussé chemin. Stiefi avait besoin de sa voiture, et Charlotte pleurnichait à cause de Karl et Fred.

De loin, nous avons tout de suite vu qu'une immense agitation régnait. L'allée était semée de limousines de luxe stationnées. Des torches étaient plantées dans la pelouse, colorant la brume qui montait du lac, jaune toxique, des centaines de torches, en rang d'oignons. On aurait dit un bûcher de chrétiens.

— Les fiançailles d'Ansgar ! ai-je sursauté.

Cigogne a eu un rire sec, presque à nouveau indien. J'avais complètement oublié que les réjouissances étaient pour aujourd'hui.

Dans l'obscurité, j'ai garé la voiture sous un platane. Des gens en tenue de fête nous dépassaient à la hâte.

Nous sommes descendus.

Un monsieur âgé s'est dirigé vers Cigogne, il devait la connaître d'avant, et il l'a chaleureusement félicitée. Elle l'a remercié sans dissiper le malentendu. Puis elle a embrassé mon visage amoché. Le monsieur est resté sur place, interdit.

Comme l'accès était contrôlé, nous nous sommes glissés par un trou de la barrière.

Au bout de quelques pas, la brume épaisse nous a enveloppés. Les branches que nous effleurions gouttaient. Charlotte voulait dire au revoir à ses grands-parents et a disparu dans la houle en train de danser dans le jardin sans que nous ayons le temps de la retenir.

Avec Cigogne, je me suis frayé à tâtons un chemin jusqu'à la maison de la tante.

Là-bas, c'était plus calme. Le lac clapotait, à demi endormi, mais on ne le voyait pas. On ne voyait strictement rien. Quand j'ai ouvert la porte, une première feuille morte est tombée sur le dos de ma main, je l'ai seulement sentie.

— Où est ta mère ?

Je ne lui avais raconté l'histoire que dans les grandes lignes.

— Je ne sais pas si elle est revenue. On ne dirait pas.

Dans la maison de la tante, tout témoignait encore de notre départ en catastrophe de la nuit d'avant.

Sans allumer la lumière, j'ai rassemblé quelques habits à moi, les objets les plus indispensables et les affaires de Charlotte. Au milieu de vieilles serviettes, je suis tombé sur la jupe que je portais à mon arrivée deux semaines plus tôt. Je l'ai époussetée, j'ai retiré ce foutu pantalon et je l'ai enfilée.

Pour finir, j'ai dit au revoir à la souris combattante sous la terrasse qui avait survécu à tous mes stratagèmes. Elle a eu droit à un morceau de Géramont et aux dernières tranches de gouda jeune.

Cigogne a pris la cage de Karl et Fred, et c'est ainsi équipés que Stiefi nous a interceptés sur le chemin du retour.

Nous avons senti son odeur avant de la voir. Sa coiffure pendait lourdement, rendue humide par la brume qui avait le goût de son parfum. Elle avait un manteau en loden sur les épaules et était à deux doigts de grelotter.

— Jesko, tu ne devrais pas être ici, être ici. Ton père va se mettre en colère.

Elle a baissé les yeux.

— Et la jupe, en plus.

— Je suis déjà parti. Ta voiture est garée dehors.

Je lui ai tendu la clef. Mais au lieu de la prendre, elle a replié les bras, tellement loin que ses mains se croisaient presque dans son dos. À dix mètres de nous, un groupe d'invités descendait vers le lac. Stiefi ne les a pas vus. Elle ne s'est même pas énervée en reconnaissant Cigogne. Elle est restée plantée là avec son visage imbibé de chagrin.

— Dis-moi dans quelle poche je dois mettre la clef : la droite ou la gauche ? ai-je demandé.

Sans un mot, elle a tapoté la poche droite de son manteau, et je me suis dit que c'était sa réponse. Mais elle a plongé la main dedans et en a sorti quelque chose.

J'ai plissé les yeux.

« Regarde, la tête de lézard, la tête de lézard. »

C'est ce que j'ai cru qu'elle allait dire.

Mais elle m'a simplement demandé si j'avais une minute devant moi.

Il allait y avoir de l'orage. Le vent s'est levé et a gonflé son manteau en loden.

Cigogne m'a jeté un coup d'œil. Elle a déduit de mon profil qu'elle pouvait continuer son chemin pendant que je restais sur place, et elle a ajouté qu'elle partait à la recherche de Charlotte. Je trouve qu'elle a vraiment la peau dure. Ça lui donne une beauté particulière, une assurance de somnambule, comme si Dieu en personne lui avait tanné le cuir. Puis la brume l'a avalée.

Stiefi m'a entraîné vers le garage qui était ouvert. Sur le trajet, elle était sur ses gardes et a regardé plusieurs fois autour d'elle.

Elle a ordonné à la gigantesque porte du garage de se baisser et allumé les néons, inspirant et expirant régulièrement.

La table de ping-pong était toujours dans le coin jeux, et là où maman était allongée la dernière fois, le vernis était abîmé.

Nous étions seuls.

Nos pas résonnaient sur le ciment nu. Entre la Jaguar de papa et la Porsche noire béait un vide, là où la Mercedes que j'avais empruntée aurait dû être garée. Nous nous sommes arrêtés, et Stiefi a enlevé son manteau en loden pour le rouler en boule dans ses bras.

Elle était tellement triste et déboussolée qu'elle a failli s'asseoir sur le capot de la limousine. Elle s'est redressée, mais elle a laissé une trace sur la carrosserie poussiéreuse, et au milieu de cette trace, elle a posé (comme pour empêcher qu'on s'y rasseye) la tête de lézard.

— Ton père a eu une nuit difficile, Jesko.

— Il n'est pas le seul.

— Je me suis dit qu'il fallait que tu le saches.

Le bout de lézard dans l'empreinte du postérieur de ma belle-mère me donnait l'impression qu'une révélation importante m'attendait, une prise de conscience, ou une ardoise en souffrance à côté de laquelle je serais passé. À moins que ce sentiment d'être passé à côté de quelque chose soit inhérent à la contemplation des têtes coupées ?

— Est-ce que tu me prends pour une idiote, Jesko ? a demandé Stiefi à voix basse, sans transition et avec une pointe de résignation.

— Comment ça ?

Elle est allée s'adosser contre la porte du garage et a regardé ses mains, des mains légèrement creusées qui auraient pu contenir un moineau.

— C'est la vérité, tu me prends pour une idiote. Depuis qu'on se connaît, tu me prends pour une idiote. Je peux bien faire ce que je veux, ce que je veux. Quand ton père t'a dit qu'on était ensemble lui et moi, tu avais douze ans, et on est allés se promener, c'était dans l'Eifel, sur un cratère de volcan. Et tu m'as tout de suite demandé de quand à quand avait eu lieu la seconde guerre de Schleswig et qui l'avait gagnée.

— Arrête, s'il te plaît.

— Je ne savais pas, bien sûr. Les guerres ne m'ont jamais intéressée, a-t-elle dit.

Puis elle a ajouté :

— Je viens d'une famille modeste. On ne s'intéresse pas aux choses artistiques.

Je me suis contenté de la regarder avec stupeur, elle a compris qu'elle avait une fois de plus dit quelque chose de ridicule, et une profonde et farouche tristesse s'est emparée d'elle. Elle a basculé vers l'avant, les mains crispées sur son ventre. Le manteau est tombé de ses bras et a glissé sur le sol en ciment.

Je me suis penché, je l'ai ramassé et l'ai mis sur ses épaules. Dans ce genre de situation, j'ai le don avec les manteaux.

— Peut-être que je ne sais pas grand-chose, a-t-elle articulé. Peut-être que la seule raison pour laquelle ton père m'a épousée, c'est parce que avec moi, c'est facile. Avec ta mère, ce n'était pas facile. Ta mère était une belle femme, tellement belle. Sa manière d'entrer dans une pièce. Elle faisait ça comme personne, et on savait tout de suite qu'avec elle, ce n'était pas facile. Comme j'étais secrétaire, j'avais l'œil pour ça. Je vois comment quelqu'un appuie sur une poignée de porte, et je sais tout sur lui. Mais peut-être que ce n'est pas suffisant. Peut-être que je ne sais pas grand-chose. Pas grand-chose.

Elle s'est détachée de moi pour retourner à la limousine. Elle a sorti de sa poche un paquet de Camel. Ses doigts en ont laborieusement extrait une cigarette.

— Un jour, j'étais à mon poste, devant le bureau de Gebhard. La porte s'est ouverte à la volée. Pas facile, je me suis dit, ça ne va pas être facile. C'était ta mère. Tu as du feu ?

J'ai secoué la tête. Elle a coincé la cigarette entre ses lèvres en cul-de-poule et essayé de l'allumer avec un minuscule briquet, sans résultat.

— « Non, madame von Solm, vous ne pouvez pas entrer, je lui ai dit, le directeur est en rendez-vous. » Mais elle est entrée quand même, c'était une réunion avec le ministre-président, elle est allée tout droit sur ton père en passant sous le nez de tout le monde, et elle lui a mis une claque en disant : « C'est tout ce que tu mérites ! » Je me suis précipitée derrière elle, et j'ai vu ton père par terre, la main contre l'oreille, comme ça... (Elle a imité son geste.) Et elle est repartie comme elle était venue, elle est sortie de la pièce, a fermé la porte derrière elle, et s'en est allée. « C'était qui ? » a demandé le ministre-président. « C'était Mme von Solm », j'ai répondu. Et aujourd'hui, c'est moi qui suis Mme von Solm.

Elle pleurait.

— Tu vas devoir retoucher ton maquillage, ai-je dit. Tu ne peux pas y retourner dans cet état.

— Ah, le maquillage.

Sa cigarette était enfin allumée. Elle s'est tournée vers la tête de lézard posée sur le capot pour la récupérer. Elle l'a prise dans sa main pas plus grosse qu'un moineau.

— Ton père a passé la nuit dans mes bras. Peut-être que ton père sait beaucoup de choses, peut-être qu'il est intelligent et cultivé et tout ça. Mais il passe la nuit dans mes bras.

Elle a expiré la fumée par ses naseaux.

— Et il ne parle pas beaucoup, ton père. Il se débrouille tout seul dans son coin. Mais cette nuit, il a dit quelque chose.

Ses doigts jouaient avec le sourire narquois. Des bribes de voix arrivaient de dehors. Au loin, on entendait l'orage gronder.

— S'il savait que je te raconte ça… Il ne l'a encore jamais dit à personne, je crois…

— Tu n'es pas obligée de me le dire, Stiefi.

— Oh, si. Ça va t'intéresser. C'est une histoire de guerre.

Et à nouveau, elle a expiré de la fumée par ses gros naseaux oblongs.

— Oui, je crois qu'il faut que je te le dise.

Je ne l'avais jamais vue fumer avant.

30

LE 23 JANVIER 1945, mon père avait trouvé un lézard gelé sur un bout de bois.

La bestiole gisait à côté de la route de Poznan. Le lézard n'avait pas pris la peine de trouver un endroit où s'abriter du gel. Il était caché sous quelques branches dans la neige. Sa tête était penchée sur le côté. Ses pupilles figées regardaient la route où des Russes chancelants tiraient des vieillards du convoi de réfugiés pour les exécuter. Mon père avait sept ans. Sans hésiter, il avait ramassé le bout de bois avec le lézard pour aller le montrer à son Apa. Il montrait tout ce qu'il trouvait à Apa, qui le félicitait à chaque fois.

D'abord, il n'avait couru qu'avec les yeux, puis pour de bon, au milieu des gens en train de pleurer. Il avait sauté par-dessus une main à demi ouverte, comme une fleur prête à éclore. Ici et là, ça éclatait, craquait et détonait à côté de lui. Une flaque de sang violette formait une peau, et au loin, des troupeaux de bœufs mugissants foulaient la neige, avec derrière eux les points noirs des bêtes mises à mort. Puis il avait aperçu Apa. Le vieux M. von Solm était assis sous un gros arbre aux branches larges, au milieu d'un groupe d'hommes. Les Russes lui avaient déjà arraché son manteau. Il restait là, tout tremblant.

Apa avait entendu cette voix aiguë et familière, et il avait ouvert les yeux. Avec un pâle sourire, il avait pris le petit garçon sur ses cuisses, comme à son habitude. Il avait tapoté les genoux de son petit-fils, observé le lézard d'un œil connaisseur et passé son doigt raide sur les écailles bleu-vert.

Puis il lui avait expliqué que la température corporelle du lézard commun pouvait descendre jusqu'à moins trois degrés sans que le fluide corporel se fige. Mais que dès que les muqueuses entraient en contact avec des cristaux de glace, son organisme gelait en l'espace de quelques heures. C'était ce qui avait dû se produire avec ce spécimen. Cependant, les reptiles étaient des animaux à température variable qui avaient l'habitude de geler, comme lui, le petit garçon, avait l'habitude d'aller dormir chaque soir avec son cheval de paille. Raison pour laquelle le lézard était peut-être encore en vie.

— Il est peut-être encore en vie ? avait demandé mon père.

— Tout dépend de la vitesse à laquelle la température est descendue. Si ce n'était pas trop rapide, tu pourras le dégeler et jouer avec.

Apa avait marqué une pause, toussé et craché du sang, et l'un des Russes leur avait ordonné de se lever, à lui et aux autres. Ils avaient dû ramasser des bêches jetées d'un air narquois.

Apa avait obéi.

Puis il avait entendu mon père hoqueter, s'était retourné, et le petit était là, à deux pas de lui, le lézard glissé sous son manteau pour le réchauffer le plus vite possible.

— Quand tu as le hoquet, avait dit Apa (et c'était la dernière chose qu'il avait dite de sa vie), il faut souffler dans un sachet en papier et te le mettre sur la tête. Ça aide.

À nouveau, Apa avait marqué une pause et toussé, et il avait entrepris de creuser sa propre tombe au son du chant des Russes en train de se saouler.

Pour finir, il avait reposé sa bêche, bien soigneusement, dans un coin où elle serait facile à ramasser.

Et le vieux avait soupiré une dernière fois, et le petit garçon regardait.

Et tout en regardant, il savait parfaitement comment était le souffle d'Apa contre sa peau d'enfant. Il en avait gardé la mémoire, et l'image de ce dernier souffle nuageux était montée dans ses yeux ouverts et rougis dont on voyait jusqu'au fond gris.

L'Armée rouge, qui se contentait désormais de glousser et n'était plus constituée que de mitraillettes ivres, avait fauché les vieillards au hasard. Ils gémissaient encore en tombant dans les fosses peu profondes. Leurs femmes et leurs filles avaient dû répandre sur eux le peu de terre que les hommes avaient réussi à gratter sur le sol dur.

Ça n'avait pas pris longtemps.

Mais une fois leur funeste besogne terminée et les fusillés ensevelis, la terre s'était mise à bouger, car ils n'étaient toujours pas morts, les vieillards et leurs poumons criblés de trous réclamaient de l'air. Comme une étendue d'eau plane peignée par le vent, la terre formait des vaguelettes qui grossissaient de plus en plus.

Alors, les soldats avaient envoyé les enfants sur la terre. Ils avaient dû retirer leurs chaussures et marcher pieds nus sur cette mince couche mouvante et vitreuse jusqu'à ce qu'elle s'immobilise, brune et rouge, au milieu de ce désert de neige. On aurait dit que les enfants dansaient, qu'ils piétinaient des fourmis ou dansaient sur des débris, voilà ce qu'on aurait dit.

Et ce faisant, le petit garçon, mon père, qui était tombé une ou deux fois sur de la chair tiède, n'avait pas lâché le lézard gelé dont le métabolisme lui avait été si bien expliqué. Il le serrait dans sa main, le réchauffait contre sa poitrine nue, tout près de son diaphragme qui ne cessait de hoqueter, et c'était toute sa vie.

31

UN COUP DE TONNERRE. Déjà relativement près.

Presque sous la peau.

Je me suis creusé un tunnel dans cette meute de poules mouillées. Les amis joueurs de tennis, les amis jeunes entrepreneurs, les amis amis du ciment, les amis m'as-tu-vu d'Ansgar et au milieu, des grosses pointures bouffies d'elles-mêmes, les amis de la télé de la future mariée.

Il n'y avait personne de l'internat.

Des bourrasques montaient du Kolgensee, promettant tempêtes et averses torrentielles, aspirant la brume vers les hauteurs où elle prenait des proportions massives. De petits reliquats brumeux en forme de chou-fleur s'accrochaient à l'orchestre qui avait disposé son matériel sur la mosaïque *Blut und Boden*.

Une fanfare a résonné. Puis j'ai vu mon père, un discours en tête, entrer sur la petite scène, cette terrasse faite des pierres tombales de nos ancêtres agencées avec goût sur laquelle les musiciens grelottaient.

Une fois, dans le *Glamour* de Marie-Lou, j'ai écrit que les chaussures étaient le clou de la tenue d'un homme. C'est vrai. Mieux vaut traverser la vie en chaussettes que s'infliger des baskets Nike, par exemple. Et mon père est toujours chaussé à la perfection.

Ce soir-là, son choix s'était porté sur des brogues noires. Je n'avais d'yeux que pour les brogues de mon père. Je devais ignorer un certain nombre de jambes inconnues, de corps divers et variés et de gestes imprévisibles pour ne pas les perdre de vue. Je les fixais comme des cercueils. Je pensais aux pieds, ces pieds d'enfant d'il y a plus de cinquante ans qui, en cet instant, étaient toujours les mêmes car, enveloppés de chaussettes Oxford et de cuir de veau souple et cousu main, ils soutenaient la carcasse de mon père, équilibraient sa colonne vertébrale, faisaient basculer sa ceinture pelvienne avec aisance, car c'est ce que font nos pieds jusqu'à notre mort.

Mon père a commencé son discours, mais j'entendais à peine ses paroles, je n'arrivais pas à le regarder dans les yeux, je suivais le moindre mouvement de ses chaussures – les semelles qui polissaient les pierres tombales, le cuir qui plissait quand mon père se mettait sur la pointe des pieds, l'une des brogues qui allait se blottir contre l'autre avant de repartir aussitôt à l'opposé.

À travers mes larmes ont soudain surgi une troisième puis une quatrième chaussure qui se sont figées sur ma rétine. C'étaient des monk straps. Mais à l'exception des boucles, elles ressemblaient couture pour couture aux brogues de mon père.

J'ai levé les yeux et aperçu Ansgar, posté près de papa, fier et rayonnant, en Brioni sombre. À ses côtés, Babs-de-la-télé souriait, en robe à carreaux rouges que le vent faisait claquer. Pas besoin de regarder ses chaussures. Je savais déjà qu'elles ne touchaient plus terre. Babs flottait.

Et au milieu de son discours, mon père s'est mis à avoir le hoquet.

Tout en contemplant ces gens et en essayant de les mettre en rapport avec mes propres élans impuissants, j'ai pris conscience du peu de visibilité dont jouit notre existence. Une paire de chaussures, deux ou trois paires de chaussures, c'est tout ce qu'on voit de nous. Et ce qui reste de nous : quelque chose de préfabriqué qui a été porté de telle ou telle manière. Et même si je connais presque par cœur le livre bleu, aucune phrase dedans ne m'a autant touché que la vue de toutes ces chaussures autour de moi qui n'exprimaient rien d'autre.

J'ai décidé de me tirer, de prendre le large, de me volatiliser, immédiatement, et d'arrêter de harceler ma famille de questions qui ne font qu'en appeler d'autres. Je voulais les laisser profiter sans jouer les trouble-fêtes, et à cette pensée, je me suis rendu compte qu'au cours des dernières semaines, je n'avais fait que les priver de leurs quelques grammes de bonheur.

C'est peut-être ma mission au sein de cette bande, de leur sucer des os le bonheur qu'ils s'arrogent, s'attribuent, s'octroient, s'approprient indûment, et ce depuis des siècles.

Mais est-ce qu'il existe une autre sorte de bonheur ?

Est-ce qu'il est possible d'être heureux pour son propre compte ?

J'ai tourné les talons. La tempête grossissait. Des assiettes en carton garnies de salade de pommes de terre se sont envolées sous mon nez pour aller s'accrocher dans les buissons et les manteaux de vison. J'ai cherché Cigogne et Charlotte sans réussir à les trouver parmi les invités. Dommage que l'orchestre n'ait pas eu de piano, ou ma fille leur en aurait fait baver. Et j'aurais su où elle était.

Un éclair a illuminé le lac. Quelqu'un m'a attrapé par le bras.

— Ah, vous voilà !

C'était le chauffeur de papa. L'homme a attendu que le tonnerre finisse de rouler au-dessus de nous avant de poursuivre :

— Mme von Solm m'a demandé de vous conduire à la gare.

Je lui ai expliqué que je cherchais quelqu'un et que nous préférions prendre un taxi.

— Mais Mme von Solm a dit que vous n'aviez pas besoin de taxi. (Il a incliné la tête.) À votre service.

Je l'ai dévisagé.

Puis je lui ai montré le ciel de plomb pour lui rappeler le battement de l'univers où, depuis plusieurs décennies, le chant de la baleine à bosse se balade dans des capsules spatiales Voyager pour être entendu par des civilisations inconnues, et je lui ai dit que lui, le chauffeur incliné, ne comprenait pas quel était le problème de ses semblables et que, pour cette raison, il devait prendre un taxi pour ce qu'il était, à savoir une mélodie triste et immuable à entonner à son tour.

— Vous vous foutez de ma gueule ? a demandé le chauffeur.

Une goutte lui est tombée sur le menton. Il l'a essuyée comme si c'était du vomi au moment précis où les nuages s'éventraient au-dessus de nous. Nous nous sommes fait postillonner dessus par la pluie qui s'est abattue avec soudaineté, comme une nuée d'insectes en train d'exploser. C'était la pluie la plus immédiate, la plus dure, la plus pure qu'on puisse imaginer, bien trop fraîche pour une pluie d'été. Elle fouettait le jardin en fronts massifs, étouffait le discours de mon père, tambourinait contre les musiciens, gouttait des instruments, faisait surgir des parapluies qui jaillissaient de tous les côtés.

Le chauffeur lui-même a soudain brandi un Knirps jaune sorti de je ne sais où. Suivant un réflexe servile, il s'est penché pour m'abriter et, ce faisant, s'est retrouvé trempé, les yeux humides de colère.

Je l'ai laissé planté là et suis parti en courant. Je suis arrivé à un if sous lequel un attroupement de moustiques a trouvé refuge avec moi. Ils tremblaient sous mes yeux. D'étranges pulsations géométriques à travers lesquelles je cherchais Charlotte du regard.

Mais aucune trace d'elle. Seulement un mur de pluie. Et au milieu, des gens en train de courir pliés en deux et de pousser des cris perçants.

Mon père a battu en retraite sous la grande bâche agitée de soubresauts qui était tendue tant bien que mal au-dessus de la mosaïque *Blut und Boden*. Sa silhouette a repris son discours. Face à l'averse, j'ai remarqué qu'il était incapable de modifier spontanément les gestes qu'il avait prévus. Ansgar et Babs-de-la-télé ont été absorbés par les invités et les musiciens qui se massaient eux aussi sous la bâche, blottis les uns contre les autres comme du frai. Ils formaient un cercle autour de Gebhard avec l'air de l'écouter, comme les moutons ont l'air d'écouter quand ils ne sont pas en train de détaler ou de paître.

Les moustiques m'avaient cerné et dansaient autour de mes oreilles où ils soupçonnaient l'existence d'une chaleur sèche.

Couvrant leur bourdonnement, j'ai entendu un grondement se rapprocher.

C'était une voiture qui labourait l'allée inondée. Dans le faisceau de ses phares, les gens s'écartaient précipitamment. Un parapluie sans propriétaire a été emporté par l'aile, soulevé dans les airs et projeté au-dessus du pare-brise, volant à la rencontre de deux hommes émaciés de la sécurité qui coursaient le véhicule. Ils ont fini par le rattraper, et la voiture s'est garée devant notre porte d'entrée chinoise. Au milieu d'une flaque. Une Golf argentée. Le capot fumant.

Devant la villa, on tendait des cous qui n'exprimaient que de la curiosité. Les gardes se sont immobilisés près de la flaque, craignant sa profondeur, et se sont mis à crier sur la Golf.

Un jeune gentleman trapu en est descendu pour patauger autour du véhicule sans se préoccuper des cris ni de la tempête. Il a ouvert la portière côté passager.

Ma mère en a déferlé et est tombée sous la pluie. Je l'ai reconnue au fait qu'elle ne s'est pas relevée.

Je me suis mis en marche.

Une fois arrivé en bas, j'ai poussé les gens et j'ai trouvé Cigogne agenouillée près de maman. Elle l'avait poussée sous un chapiteau censé protéger les gâteaux et les palettes de champagne. La tête de Käthe était auréolée d'un plateau de toasts au caviar. Cigogne lui a ordonné de respirer tranquillement et régulièrement. Elle lui a dit que tout allait bien et lui a collé une claque. Ma mère a éclaté de rire. Sa main faisait des cabrioles dans le néant.

Mon regard s'est arrêté sur le gentleman qui se disputait avec les deux gardes sur le côté. L'un des hommes, un type anguleux style recrue militaire, lui a mis un coup dans la poitrine. Il lui aboyait dessus ce qui lui passait par la tête. S'introduire ici. Sans invitation. Repartir tout de suite.

— Au mépris des ordres ! hurlait-il.

Le gentleman portait un sage veston de qualité qui commençait à dégouliner. Il avait une manière de se défendre qui m'était étrangement familière. J'ai aperçu son visage, et ç'a été comme un clin d'œil venu de niches du cerveau inexplorées depuis la naissance. Car ses traits avaient beau exhaler un soupçon de panique, ils étaient tellement semblables à ceux de mon père que j'ai soudain eu l'impression d'être dans les années 1950. La pluie était du jazz, et les arbres faisaient de la trompette existentialiste.

J'ai marché tout droit sur les hommes de la sécurité.

— Vous pouvez y aller. Merci. Tout va bien.

— Vous êtes qui, vous ?

— Le fils du maître de maison.

— Il est là-bas, a maugréé le type anguleux en montrant le troupeau où il supposait qu'Ansgar se trouvait.

— Je suis l'autre, ai-je répondu.

Il m'a toisé. Son regard a balayé les ecchymoses de mon visage. Puis il a glissé sur ma jupe détrempée dont l'ourlet était maculé de boue.

— Vous êtes le frère de Junior ?

— C'est ça.

— Je savais pas qu'il avait un frère. Et ça, c'est qui ?

— Encore un autre frère, ai-je dit.

32

JE NE SAIS ABSOLUMENT PAS combien de temps sa main est restée dans la mienne. Sans doute pas longtemps. Pas plus longtemps qu'entre deux inconnus.

L'autre main frottait son sternum avec embarras.

— Je m'appelle Dirk, a-t-il commencé.

— Jesko, ai-je dit.

— Je sais.

Il a eu un sourire en lambeaux. La pluie lui faisait une séance d'acupuncture à coups d'aiguilles fines et fugaces qui tombaient de ses lèvres.

Il a laissé son sternum tranquille. Ses deux poings serrés ballottaient au niveau de ses cuisses. Il a baissé les yeux.

— Il paraît que tu as besoin d'un donneur.

Ma mère a essayé de se redresser. Mais Cigogne l'a retenue, l'a plaquée au milieu des toasts au caviar, a pris son pouls.

Le garde est remonté d'un pas lourd vers Junior pour lui parler de ses deux frères.

Autour de nous, le flot du monde.

— Qu'est-ce qui s'est passé ? Comment tu es arrivé ici ? ai-je demandé.

Dirk s'est approché. Il parlait comme s'il n'en avait pas le droit. Il m'a raconté que ma mère Käthe était allée voir sa mère Renate (les lettres de Böcklchen, ai-je pensé) dans une voiture qui s'était révélée volée. Là-bas, le hasard faisant bien les choses, elle était aussi tombée sur lui, et après lui avoir expliqué la situation, elle l'avait convaincu de se mettre aussitôt en route.

Malheureusement, il n'avait pas réussi à empêcher Käthe de boire deux bouteilles de whisky sur le trajet.

— Deux bouteilles ?

— Ou trois. En tout cas, elle est complètement bourrée.

Une branche s'est brisée. Tombée de l'if sous lequel je me trouvais juste avant.

Je me suis tourné vers Dirk et lui ai montré son père.

Gebhard n'avait toujours pas terminé son discours. Il se tenait légèrement en surplomb – peut-être avec la participation d'une chaise – de la strate de ses invités, battu par les éléments qui secouaient la bâche au-dessus de sa tête. Le garde a fini par arriver jusqu'à lui, il lui a chuchoté quelque chose, et j'ai vu que Gebhard tressaillait malgré lui.

Il a baissé les yeux sur nous.

Son regard s'est posé sur Dirk, et sa bouche s'est rouverte.

Son regard s'est posé sur lui pour de bon.

Puis sa bouche est restée fermée.

C'est en tout cas ce que j'ai perçu, que sa bouche restait fermée et que son regard était posé sur Dirk, même s'il ne s'agissait que de la silhouette floue de mon père qui se dessinait devant une guirlande lumineuse, à cinquante mètres de distance.

D'abord, les gens ont ri. Ils ont cru que ça faisait partie du discours de Gebhard, de se taire sans crier gare. Mais ensuite, il s'est mis à vieillir à toute vitesse. Tellement vite qu'Ansgar a surgi à côté de lui, lui a déchiré sa chemise, l'a rattrapé alors qu'il s'effondrait sur lui-même. Même moi, j'ai entendu Babs-de-la-télé pousser des cris perçants. Enfin, elle pouvait donner libre cours à son potentiel hystérique pour exprimer le fait que ces fiançailles n'étaient pas celles dont elle avait rêvé.

Dirk s'est dirigé vers eux.

— Jesko, aide-moi !

Les mots ne me sont parvenus qu'une fois répétés, avec solitude, tendresse, insistance. Cigogne était accroupie sous le chapiteau. Il n'y avait pas plus nu que cet accroupissement. Ses yeux me faisaient signe d'approcher. Elle tenait encore le poignet de ma mère, comme un avion en papier. Elle avait l'air inhabituellement grave. Elle a réclamé un médecin, mais le seul présent (le professeur Freundlieb, comme par hasard) était en train de s'occuper de mon père.

— J'appelle l'ambulance. Elle collapse, a-t-elle lancé.

— Qu'est-ce que ça veut dire ?

— Intoxication alcoolique aiguë.

Cigogne s'est levée pour chercher un téléphone.

J'étais, au milieu de la foule, seul avec ma mère. Je me suis agenouillé près d'elle. De l'eau formait une flaque derrière sa nuque. Je l'ai écopée. Elle avait le souffle court. Sa respiration hachée déformait ses lèvres, lui donnant l'air d'un ange qui rit sous cape. À mon tour, j'ai soulevé son poignet pour prendre son pouls. Il était lourd comme de la pierre. Je ne sentais aucune pulsation. De la pierre froide et glissante. Chaque partie d'elle. Une statue égyptienne renversée. Les insignes effacés. Gravé sur le socle, son nom, dans une écriture que plus personne n'est capable de déchiffrer.

Je l'ai regardée. Je ne sais pas combien de temps.

C'est seulement quand elle me l'a dit que j'ai compris que maman mourait. Allongée sous mes yeux, elle a dit : « Je meurs », et elle a prononcé ces mots, qu'elle avait déjà si souvent employés pour décrire son état général, comme si c'étaient des chiffres.

J'ai tapoté sa main de pierre pour la réconforter.

Cigogne m'a crié de lui parler sans m'arrêter. Survoltée, elle avait un portable à l'oreille et était en ligne avec le poste de contrôle.

— Qui je suis ? a demandé maman.

Je lui ai répondu qu'elle était une grande actrice, une des plus grandes au monde. Elle s'est mise à sourire. Et elle était aussi une ballerine de renom, ai-je poursuivi, et elle avait construit de superbes villas en Toscane en tant qu'architecte.

— Où est l'ambulance ? ai-je crié.

Et je lui ai dit :

— Maman, tu fais partie des plus célèbres chanteuses d'opéra de l'hémisphère ouest, tes tournées ont été des succès phénoménaux, même si tu n'as pas besoin de ça, vraiment pas.

L'ambulance n'arrivait toujours pas, les larmes me sont montées aux yeux, et je lui ai dit qu'elle avait été une espionne d'exception, qu'elle avait éventé les secrets les plus improbables, et qu'elle avait été la première astronaute allemande, et Miss Univers, deux fois, et j'aurais aimé lui chanter une de ses chansons, ses vieilles chansons en patois, mais tout, tout avait disparu comme par enchantement, et je me suis contenté de dire à mi-voix qu'en plus du reste, elle était ma mère.

— Ah, petit, a dit maman, là, tu exagères !

Et elle est morte.

La pluie ne s'arrêtait pas. Une vilaine pluie presque hivernale qui était de plus en plus froide.

L'ambulance est repartie avec papa et maman.

Les ambulanciers étaient abrutis par les relents d'alcool provenant de ma mère qui saturaient l'habitacle.

Les hommes ricanaient, éméchés, sans savoir que le patient cardiaque auquel était administré de l'oxygène pur en continu avait par le passé été marié à la défunte qui gisait sur le brancard, cachée par un tissu vert.

Cigogne n'était plus en état de leur dire, et j'étais couché en larmes dans l'herbe.

Sur ce dernier trajet ensemble qui faisait tourbillonner la fumée de leurs âmes, ils ont été accompagnés par la mort d'une planète qui a transformé notre univers en feu d'artifice, loin au-dessus de cet orage menaçant de nous emporter, et quelques jours plus tard, j'ai lu que tous les observatoires astronomiques du Nord avaient fait des heures supplémentaires.

33

LE PLUS GRAND OBSTACLE à la vie, c'est l'attente qui dépend du lendemain. Tu perds le jour présent : ce qui est entre les mains du destin, tu en disposes, et ce qui est entre les tiennes, tu t'en défais. Où diriges-tu tes regards, tes pensées ? Tout ce qui reste à venir relève de l'incertain : vis pour le présent.

Dans la bouche d'un vieux chrétien, ces paroles de Sénèque avaient l'air tout droit sorties de la Bible. C'est sans doute pour ça que le malicieux pasteur s'était laissé entraîner là-dedans.

Pendant les funérailles, il nous a rassemblés devant la tombe ouverte de maman que surplombait un matin gris et névralgique. La tombe se trouvait sur une colline hospitalière, avec quelques docteurs en droit et en médecine couverts de mousse pour voisins, et papa s'était fendu d'une pierre en véritable tuf.

Il émanait de lui une douceur nouvelle. Le trajet avec le cadavre de maman et les ambulanciers qui trinquaient à sa santé avait laissé des traces, tout comme l'irruption du passé. Il a jeté une poignée de fleurs dans la fosse, hoqueté, et s'est éloigné à grandes enjambées.

Stiefi priait avec une ferveur manifeste. En tant que catholique, elle était évidemment habituée à plus de chichis.

Un peu plus loin, Khomeyni et Saddam jouaient à touche-touche, comme on dit à Mannheim.

Ansgar et sa Babs-de-la-télé, Charlotte et Mara, Cigogne, moi, nous regardions le cercueil sur l'encaustique duquel les nuages se reflétaient. Charlotte a jeté un petit nounours dans la fosse, mais elle a eu mal au cœur en voyant que la pauvre peluche se faisait recouvrir de terre jusqu'à n'avoir plus aucune chance de respirer.

J'ai offert à ma mère le livre bleu.

L'idée qu'il allait se décomposer en même temps que ses restes était réconfortante. Quand on se met au soleil, on bronze, même si ce n'est pas ce qu'on veut. Quand on s'assied dans une boutique de pommades et qu'on y reste un petit moment, on prend l'odeur des pommades. Et quand on repose aux côtés d'un philosophe, on en emporte toujours quelque chose d'utile, et en l'occurrence, ce sera peut-être le talent qu'avait Sénèque pour s'enrichir, ce qui a toujours été le souhait le plus cher de maman.

Après la cérémonie, je me suis installé un peu à l'écart. Ansgar est venu s'allonger à côté de moi. L'automne était tapi au-dessus de nous, dans les arbres, dans l'air.

— Il paraît que ça colle avec Dirk ?

— C'est possible.

— L'opération est pour quand ?

— Vendredi prochain, ai-je dit comme si c'était une formalité.

— Quel est le pourcentage de chances ?

— Soixante-dix.

— Pas mal. Je croise les doigts pour toi.

— Merci. Et avec ta Babs, ça se présente comment ?

— Quatre-vingts pour cent.

— Ça veut dire que tu n'as pas besoin de la frapper trop souvent ?

Il a eu un sourire douloureux. Puis il s'est rapproché, et nous nous sommes retrouvés couchés là comme avant, dans les bras l'un de l'autre. Mais c'était lui qui était venu vers moi, et je trouvais que ce n'était pas rien.

Nous regardions tous les deux Cigogne, qui parlait avec Mara derrière un saule. À un moment, elle a tourné les yeux vers nous, risquant un sourire en forme de gondole, et elle a levé la main pour nous faire signe discrètement.

Nous lui avons tous les deux répondu.

— Tu as de la veine, Jesko, a soupiré mon frère, tu en as toujours eu. Ta fracture de la base du crâne, tu te souviens ?

J'ai hoché la tête, pensif.

Un Starfighter a fendu les nuages, suivi par un deuxième avion, on aurait dit une parade amoureuse.

Et la vie ressemblait aux traînées de condensation dans le ciel qui s'estompaient de tous les côtés.

Postface

ou

La beauté de l'échec

IL Y A VINGT ANS, toutes mes tentatives pour me faire connaître en tant que jeune auteur de cinéma se sont soldées par des échecs, mais elles se sont accompagnées d'une ultime exubérance de lumière et d'espoir avant que ce premier roman voie le jour, lui qui, comme c'est bien souvent le cas des premiers romans, tire sa source d'un acte de désespoir, ou en tout cas de la volonté de se débattre. C'est donc une vraie joie pour moi que *Danse sur des débris* soit réédité, un livre qui a été écrit sous l'effet d'un accès inopiné de mélancolie, mais avec une irrépressible envie de légèreté qu'on y remarque peut-être encore aujourd'hui.

Cette prétendue postface – que tous les lecteurs passionnés de postfaces se le tiennent pour dit – n'en est pas une et sert de prétexte à raconter, à l'aide d'un secourable journal intime, le fiasco dont ce récit est issu.

Au printemps de l'an 2000, j'étais un jeune scénariste tout juste diplômé de l'Académie du film de Berlin, tracassé par les ennuis habituels du jeune père de famille en début de carrière.

Contre toute attente, une conjonction éclair de hasard et de nécessité m'avait élu pour transformer le roman *Le Tambour*, de Günter Grass, en un nouveau film, ou du moins en un projet de nouveau film. Un auteur salarié ne pouvait pas rêver mieux, me disais-je.

Le réalisateur Volker Schlöndorff valait lui aussi le détour. Deux décennies plus tôt, il avait transformé la première partie de ce best-seller mondial en un éblouissant prodige cinématographique qui avait remporté le prix du Film allemand, la Palme d'or à Cannes et un Oscar. À ce jour, *Le Tambour* reste l'un des films les plus célèbres jamais tournés en Allemagne.

C'est donc sous la direction de Schlöndorff que la suite devait voir le jour, avec un David Bennent musclé dans le rôle principal et un projet de scénario qui ne devait être rien de moins que sensationnel pour générer si possible un deuxième prix du Film allemand, une deuxième Palme d'or et un deuxième, troisième ou quatrième Oscar.

Quant à moi, j'étais caractérisé par une certaine nullité, mais une nullité romantique, car j'avais beau n'avoir pas porté grand-chose à l'écran, une poignée de gens s'imaginaient précisément pour cette raison que j'avais du potentiel, et, le milieu du cinéma étant ce qu'il est encore aujourd'hui, ce mélange a de quoi submerger. On attendait donc beaucoup de moi.

Mais personne ne savait dédramatiser les attentes avec autant d'élégance et de douceur que Volker Schlöndorff qui, loin de manifester du scepticisme face à mes trente-six années et à ma jeunesse tardive, les accueillait avec des compliments et, sans rien mettre de paternel ni de maternel dans notre différence d'âge et de statut, me traitait avec une leste *fraternité** dont je lui étais très reconnaissant.

Dans l'absolu, Volker, comme je l'appelais après de multiples demandes de sa part, avait une tendance à la largesse qu'on connaît en France sous le nom de « charme » et qui m'est malheureusement totalement étrangère. Lui y joignait un amour possessif de la littérature et de la chose littéraire qu'il m'attribuait également, sans doute juste parce que je savais tenir un stylo.

Toujours est-il que Volker m'avait expliqué que la suite du *Tambour* devait raconter les années 1950 à Düsseldorf, autrement dit l'épanouissement toxique de la République fédérale d'Allemagne, et ce en s'appuyant sur la vie d'Oskar Matzerath, cet ex-joueur de tambour, ex-nain et ex-chanteur brise-verre originaire de Dantzig qui, en dépit des plus étranges défauts physiques et moraux, avait conquis des millions de cœurs aux quatre coins du monde.

Naïf comme je l'étais, j'étais censé aborder l'œuvre avec une franche témérité pour la transposer émotionnellement et cinématographiquement au XXIe siècle. Oui, Volker prétendait même, avec une euphorie un peu excessive, que Günter Grass, qui venait tout juste de recevoir le prix Nobel, en dépit d'un redouté penchant pour la fidélité à l'original, n'avait certainement rien contre le fait qu'un moins-que-rien littéraire comme moi améliore son chef-d'œuvre.

C'est ainsi éperonné que je me suis mis au travail, un peu comme les maoïstes s'étaient mis au travail lors de la révolution culturelle.

Il m'avait fallu quelques semaines pour mener à bien ce massacre. Volker était enthousiaste et avait chanté avec son exubérance habituelle les louanges de ma folie des grandeurs, de ma nouvelle coupe de cheveux et de mon texte, dans cet ordre. Il avait tout envoyé à M. Grass, et nous n'avions eu aucune nouvelle pendant un long moment.

Puis j'avais reçu un appel, décroché, et Volker avait dit d'une voix d'outre-tombe :

— Nous avons un rendez-vous.

J'avais appris que nous devions voir M. Grass, qui avait pris connaissance de notre projet de scénario mais ne s'était absolument pas prononcé sur le sujet et préférait clarifier quelques points de vive voix avec Volker et moi.

Volker m'avait juré aborder avec une certaine désinvolture ce rendez-vous qui, selon lui, « ne serait qu'un brin de conversation ». Il fallait simplement arriver pile à l'heure, car rien n'était plus important pour M. Grass que le respect de la ponctualité.

— Ce sera déjà à moitié gagné, m'avait-il dit, et je t'en prie, Chris, sois juste toi-même.

Le 22 juin 2000 était un jeudi, jour de la Fête-Dieu, et, comme Volker disait pour plaisanter, anniversaire de l'invasion de l'Union soviétique par l'Allemagne. Une date parfaite pour rendre visite à M. Grass.

À 11 heures précises, j'étais devant la villa de Volker à Babelsberg, fin prêt mais pas particulièrement détendu, plutôt secoué par la panique. J'étais surtout inquiet parce que nous étions censés être dès 14 h 30 chez M. Grass à Behlendorf, un bled du côté de Lübeck.

J'étais donc étonné qu'on ne m'ait pas fait venir une, deux, voire trois heures plus tôt. Car Babelsberg se trouve à 250 kilomètres de Lübeck. Il faut bien plus de deux heures à une voiture ordinaire, et même pas ordinaire (Volker disposait des deux), pour faire ce trajet. Nous étions déjà juste quand j'ai sonné.

Mais Volker m'a ouvert la porte en toute décontraction, l'esprit presque absent, tenant dans sa main gauche une tasse de café fumant. Il a semblé surpris que je sois déjà là.

Puis il m'a conduit dans la cuisine, et je l'ai regardé s'envoyer tranquillement deux sandwichs au jambon jusqu'à ce qu'il soit 11 h 15.

L'air très concentré, il m'a parlé de son ordinateur qui avait planté le matin même et de tous les désagréments que ce genre de chose entraîne.

À 11 h 30, nous étions enfin dans la voiture de Volker (pas la Jaguar argentée léguée par Max Frisch dont les essuie-glaces ne fonctionnaient pas, mais la Mercedes d'ancien chef de studio que possédait Volker), et notre première conversation n'a porté ni sur Billy Wilder, ni sur les flux de causalité, ni sur le livre *Le Film qu'on ne voit pas*, de Jean-Claude Carrière, qu'il m'avait offert pour m'intimider, mais sur la haine qu'il vouait aux ordinateurs.

Volker détestait les ordinateurs parce qu'il déteste « tout ce qui nous déresponsabilise ». Raison pour laquelle, au lieu d'un GPS dernier cri, il n'avait dans sa voiture qu'un radiotéléphone qui ne fonctionnait d'ailleurs pas. De manière générale, en bon iconoclaste civilisationnel qu'il était, il évitait autant que possible les ordinateurs portables, Internet et autres gadgets communicationnels.

Mais ce qu'il trouvait le plus abominable, c'étaient les téléphones portables, ce qui était aussi mon cas, et c'est ainsi que nous profitions de voyager comme à bord d'une diligence du XIXe siècle, coupés du bruit du monde, restreints aux conversations intimes et à la vue sur les paysages en train de défiler.

— Et maintenant, les gens vont jusqu'à mettre leur téléphone dans leur veste et à l'emporter partout avec eux, y compris aux toilettes, c'est incroyable, soupirait Volker. Non, le portable ne passera pas par moi !

Le seul progrès technique positif du XXe siècle était, selon lui, la climatisation. C'était également le seul moyen à notre disposition pour lutter contre la chaleur insoutenable qui tentait avec acharnement de s'introduire dans la voiture.

À 13 h 15, alors que nous étions partis depuis moins de deux heures, Volker a joyeusement déclaré que nous étions presque arrivés, ce qui m'a étonné.

Mais de fait, il filait à toute allure, le pied enfoncé sur la pédale, ce qui donnait envie de se cramponner à la poignée de maintien.

C'est alors que Volker a proposé de s'arrêter manger un morceau quelque part avant de débarquer chez le lauréat du prix Nobel à l'heure dite et le ventre plein.

— Car Günther aura déjà mangé. Il n'aime pas partager sa nourriture.

Gai comme un pinson, il enchaînait ce genre de plaisanteries sur lesquelles la vérité pèse comme du plomb, et c'est avec le même entrain qu'il se dirigeait vers la sortie d'après pour rejoindre Lübeck.

Sauf que la sortie d'après n'était pas du tout pour Lübeck : sur le panneau, il était écrit « Sortie Rostock sud ».

Volker a blêmi et bégayé :

— Rostock sud ? Comment ça, Rostock sud ? Ils déconnent ou quoi ?

Mais il s'est avéré que, depuis 100 kilomètres, nous roulions sur la mauvaise autoroute, dans la mauvaise direction, à destination de la mauvaise ville.

Après avoir battu notre coulpe, nous avons décidé de ne pas refaire les 100 kilomètres en sens inverse, car il était de toute façon désormais impossible que nous arrivions à l'heure chez M. Grass, en tout cas pas sans propulsion exponentielle. Nous comptions donc prendre la toute nouvelle autoroute de la mer Baltique qui longe la côte jusqu'à Lübeck.

Nous avons sereinement poursuivi notre route vers le nord, mais au lieu de tomber sur la sortie correspondant à l'autoroute de la mer Baltique, nous nous sommes retrouvés nez à nez avec le port maritime international de Rostock.

Bien forcé de faire demi-tour, Volker avait désormais des lèvres toutes minces d'où ne sortait plus la moindre plaisanterie.

Nous avons réussi à manquer une seconde fois la sortie pour l'autoroute de la mer Baltique.

À la place, nous avons atterri comme par hasard à Dummersdorf, *dumm* voulant dire « idiot » en allemand (« Évidemment, a lâché Volker, deux crétins chez les idiots ! »). Là-bas, le propriétaire perplexe d'un snack-bar nous a appris que l'autoroute de la mer Baltique n'existait pas encore. Elle avait beau n'avoir pas encore été construite, elle figurait déjà dans notre zélé atlas routier ADAC.

Après ça, nous nous sommes retrouvés coincés pendant deux bonnes heures dans les embouteillages de Rostock.

Un terrible accident de la circulation s'était produit juste devant nous, et nous avons dû regarder les secours extraire sous nos yeux un cadavre d'une carcasse de voiture. Manque de chance, la climatisation nous avait lâchés, mais par piété envers le défunt, aucun de nous deux ne se plaignait des températures sahariennes.

À la place, Volker, échauffé, s'est lancé dans une conversation imaginaire avec Günter Grass et a décrété qu'il repartirait sur-le-champ si M. Grass lui faisait le coup de la fidélité à l'œuvre :

— C'est vraiment un super projet de scénario que tu as écrit. En vrai, son roman est impossible à adapter au cinéma. Il devrait nous sauter au cou de joie !

Nous avons enfin réussi à dépasser le lieu de l'accident, et nous nous sommes retrouvés au milieu de nulle part.

J'ai voulu demander aux passants comment rejoindre la départementale direction Lübeck.

Mais Volker a déclaré d'un air sombre que c'était perdu d'avance. Il avait dû travailler pendant des années avec des Ossis, des Allemands de l'Est, et c'étaient des êtres tout à fait déroutants qui n'avaient aucun sens de l'orientation.

Quand je lui ai demandé, décontenancé, ce qu'il voulait dire par « sens de l'orientation », il m'a engueulé en disant que les Ossis ne faisaient pas la différence entre la droite et la gauche, pas plus qu'entre le nord et le sud, entre l'est et l'ouest. Tout le monde savait ça.

Mais j'ai quand même descendu la vitre côté passager et interrogé un gentil monsieur d'un certain âge avec un chapeau qui promenait son chien. Il nous a renseignés de bonne grâce.

De fait, il nous a envoyés dans une petite rue latérale qui, après plusieurs kilomètres, a finalement débouché sur une piste en terre battue au bout de laquelle nous attendait un panneau « impasse » que nous avons regardé avec incrédulité pendant au moins une minute.

J'ai eu envie de rire, mais Volker n'était pas du tout d'humeur : il a marmonné quelque chose comme « Je l'avais bien dit » et déclaré qu'à partir de maintenant, il conduirait à l'intuition, et que si je demandais encore une fois conseil à un Ossi, je n'aurais plus qu'à descendre de sa voiture.

Après un certain nombre d'autres détours par de minuscules départementales de la RDA dont la chaussée datait du Troisième Reich et au bord desquelles de gigantesques entrepôts en béton poussaient comme des champignons et défiguraient la jolie vue, nous avons fini par franchir l'ex-frontière entre RDA et RFA et approcher de Behlendorf.

Une averse nous est tombée dessus sans apporter de rafraîchissement.

Trempé de sueur et à bout de nerfs, Volker, furieux, s'en prenait à tout ce qui croisait sa route (un cycliste, un « petit bout de femme », une limitation de vitesse), et alors que nous atteignions enfin la propriété, située dans un cadre pittoresque, du grand écrivain allemand, il m'a dit qu'il n'était plus en état d'avoir une conversation avec M. Grass.

— Günter peut se mettre son tambour où je pense, et s'il me sort une seule fois les mots « fidélité à l'œuvre », je lui en colle une !

Puis nous sommes arrivés à destination.

La pluie venait de s'arrêter, et M. Grass, Mme Grass et leur fils Bruno sont solennellement sortis de la maison pour nous accueillir au moment où nous entrions dans la cour.

Ils n'en revenaient pas que nous ayons mis sept heures et vingt minutes pour faire 250 petits kilomètres de rien du tout. Il s'est avéré que le matin même, ils étaient tous allés à Berlin pour un enterrement, avaient sauté le repas post-cérémonie et effectué le trajet retour en un temps raisonnable de deux heures et demie, et ils étaient stupéfaits de notre cadence de diligence.

— Mais pourquoi vous n'avez pas appelé ? a demandé Mme Grass. Il y a quand même des portables maintenant ?

M. Grass me regardait à peine et ne m'adressait guère la parole. Il avait l'air d'un homme incroyablement détaché qui aimait faire la leçon aux autres, surtout quand ils osaient troubler son sens de la ponctualité.

Son premier geste a été de tripatouiller sa pipe froide pour la sortir de sous sa moustache de morse. Puis il a déclaré que sa femme et lui étaient rentrés de Toscane la semaine dernière, reposés et hâlés. Comme un Indien qui aurait dit tout ce qu'il y avait à dire, il a remis sa pipe en place. Mme Grass a ajouté qu'il n'y avait pas eu de mauvais temps, même s'ils n'étaient pas franchement « bronzés ».

M. Grass a ressorti sa pipe selon le même cérémonial et murmuré :

— C'est pour ça que j'ai dit « hâlés », Ute. Je n'ai pas dit « bronzés », j'ai dit « hâlés ».

— C'est vrai, a été forcée de concéder Mme Grass. Tu as dit « hâlés ».

— Nous pourrions nous accorder sur le fait que vous avez tous les deux pris des couleurs, a suggéré Volker.

Je dois dire que Volker savait donner le change comme personne. Il n'était que patience et amabilité, et ce depuis la seconde où il avait sauté de voiture pour atterrir en plein dans une grosse flaque. On n'aurait jamais dit qu'il rongeait son frein et était absolument scandalisé par le mutisme de son ami Günther au sujet de notre projet de scénario.

À la place, dans cette humeur incertaine qui était manifestement son humeur de prédilection, M. Grass nous a fait faire le tour de son immense terrain jusqu'à ce que la nuit tombe. Il nous a montré des noyers, des cognassiers et des bosquets de sureau, et, non contents d'avoir l'air intéressés, nous avons fait comme si nous n'avions encore jamais vu un noyer de notre vie.

J'étais en train de me dire que Volker Schlöndorff allait passer à tabac notre lauréat du prix Nobel qui évitait soigneusement toute allusion au motif de notre rencontre quand M. Grass s'est arrêté devant une gigantesque antenne parabolique plantée au milieu du jardin. Et il a dit :

— Voilà ma nouvelle antenne parabolique !

Nous l'avons respectueusement contemplée.

Et M. Grass d'expliquer que, depuis trois jours, une rainette vivait dans sa nouvelle antenne parabolique. Ce n'était pas un vulgaire batracien, mais une authentique rainette verte d'une espèce rare. C'était pour ça que la télévision était tombée en panne. Mme Grass n'arrêtait pas d'enlever la rainette, mais elle finissait toujours par revenir.

Volker s'est raclé la gorge :

— C'est pourtant clair ! La grenouille veut faire du cinéma !

J'ai ri.

Mais M. Grass n'aimait pas qu'on rie. Il est vrai que lui-même ne riait pas.

Histoire de nous faire revenir à la raison, il nous a montré son étang à carpes, son ruisseau, sa grande pelouse verte, son kiosque en bois blanc sur sa grande pelouse verte qu'il avait fait construire sur le modèle de *Toute une histoire*, avec un buisson de roses rouges que Mme Grass avait planté spécialement pour lui.

Son studio, qu'il appelait « mon petit atelier », se trouvait dans une ancienne et gigantesque étable blindée de statues en argile, de sculptures en bronze (des têtes d'homme avec des rats dessus), de livres, de tableaux, de gravures, avec un pupitre (« Je vous conseille de prendre un pupitre aussi, monsieur Kraus. Sinon, avec la taille que vous faites, vous allez avoir des problèmes de dos. »)

Volker s'est vu offrir une aquarelle ravissante tandis que je restais planté à côté comme un idiot et que M. Grass ne m'offrait ostensiblement pas de ravissante aquarelle.

Il régnait une odeur de bois fraîchement scié, à cause du « parquet en bois de bout » (« Avec ça, je n'ai jamais les pieds froids, Volker, pas même en hiver, et ici, on a de vrais hivers ! »), mais aussi du fait de l'extension en bois, la « bibliothèque » qui avait été adjointe à l'étable. M. Grass en était très fier, notamment en raison des « WC ».

Il a bien sûr fallu qu'il nous montre ses impressionnantes toilettes, la chasse d'eau dernier cri qu'il a même actionnée, et nous avons écouté pensivement l'eau gargouiller dans les canalisations pendant quelques secondes.

Une fois ressortis des toilettes, on nous a conduits à la table de la bibliothèque, et nous nous sommes assis. J'ai regardé M. Grass allumer enfin sa pipe. Ça a pris une éternité. Il portait une chemise blanche et un pantalon en velours côtelé beige avec une ceinture, comme les intellectuels dans les films de Woody Allen.

Il faisait déjà presque noir dehors, et c'était le jour le plus long de l'année. On ne voyait plus les yeux de M. Grass, seuls ses verres de lunettes brillaient en reflétant la braise de sa pipe, ce qui était peut-être la raison pour laquelle il avait attendu la nuit.

— J'ai lu ton projet de scénario, Volker.

— Très bien, mais ce n'est pas mon projet de scénario. C'est le projet de scénario de M. Kraus.

— Mais tu l'as bien lu ?

— Évidemment.

— Et tu me l'as envoyé ?

— Oui, Günter.

— Dans ce cas, c'est aussi ton projet de scénario.

— On peut voir ça comme ça. Mais on peut aussi voir ça différemment. On peut aussi dire : M. Kraus a écrit un projet de scénario que j'ai mis dans une enveloppe avant de coller un timbre dessus.

— Écoute, Volker. Tu as complètement transformé mon livre pour ce qui est des personnages, de l'action et des conflits.

— Tu trouves ?

— Je trouve, oui. Et Ute trouve aussi.

— Ah bon, a prudemment répondu Volker.

— Tu as supprimé le cadre de l'asile que j'aime beaucoup. Tu as inventé une histoire d'amour, développé une autre histoire d'amour, et la seule histoire d'amour à laquelle je tiens, celle avec l'infirmière, tu l'as bazardée.

— Moi aussi, j'aimais bien l'infirmière, mais bon, M. Kraus voulait essayer autre chose.

— Et je trouve que M. Kraus a raison. Je trouve qu'il a raison d'essayer plein de choses. Après tout, il est encore jeune.

Il s'est raclé la gorge et a regardé dehors d'un air mélancolique, il avait de tout petits yeux noirs et tristes, avec toute la sauvagerie du plateau des lacs de Mazurie à l'intérieur.

— Mais malheureusement, a-t-il soupiré, on voit bien que ça ne fonctionne pas.

— Selon toi, qu'est-ce qui fonctionnerait mieux, Günter ?

— Je dirais : la fidélité absolue à l'œuvre. La fidélité absolue à l'œuvre, ça n'a jamais fait de mal.

J'ai cru que Volker allait se mettre à crier.

Mais il s'est contenté de hocher la tête d'un air compréhensif et d'écouter avec attention avant de dire :

— Merci, Günter, c'était super d'avoir une fois de plus un retour aussi franc de ta part. Le trajet pour venir était magnifique, ça en valait vraiment la peine.

Il avait un sourire radieux, et même M. Grass s'est un peu radouci.

Et pile au moment où M. Grass se remettait à tirer sur sa pipe avec un bruit qui avait de quoi vous rendre fou, Volker a déclaré qu'il savait ce qu'il allait m'offrir pour la naissance de mon enfant, même si ce n'était sans doute pas un cadeau.

M. Grass et moi l'avons regardé avec curiosité, et il a désigné d'un geste lourd de signification une malle contenant les œuvres complètes de l'auteur, cinq kilos en tout, avec sa petite toux glapissante.

Grass n'a pas trouvé ça drôle.

Je savais que c'était fini. J'avais l'impression d'être en jean déchiré en train d'habiller la haute couture littéraire de notre pays d'un sac à patates. Il n'était plus question d'envoyer à M. Grass les scènes déjà finalisées qui attendaient sur mon bureau à Berlin et dont aucun dialogue n'était plus de lui. Mais même sans pousser jusque-là dans l'irrévérence, j'ai eu l'impression de me faire étrangler par voie télépathique.

Volker, pour sa part, était un diplomate devant l'Éternel. Il avait le don rare d'apaiser la réprobation bouillonnante par un sarcasme qui passait pour une touche d'humour.

Plus tard, sur le trajet de retour, il s'est reproché d'avoir été « trop manipulateur ».

D'un ton chagrin, il a déclaré :

— Je manipule vraiment tout le monde, je ne peux pas m'en empêcher, c'est tellement séduisant de donner aux gens qui font ce qu'on veut le sentiment qu'ils le font de leur propre chef.

Il était capable d'une autodérision acide, et il lui arrivait de baigner à la fois dans la raillerie mordante et dans le doute. Il aspirait certainement à la sincérité, avec laquelle il entretenait en même temps une relation ambiguë, surtout quand il voulait obtenir quelque chose.

— En étant bêtement sincère, on n'arrive à rien, Chris, à part à monter tout le monde contre soi. La plupart des gens attendent malheureusement d'être trompés et trahis. Ils ne te pardonneront jamais d'être sincère. Les Français, par exemple, trouvent barbare la sincérité entre étrangers.

Selon lui, un compliment pouvait donc vouloir dire tout et son contraire. Mais les compliments restaient quelque chose de beau qui facilitait la vie, et c'est à l'aide de l'un d'eux, particulièrement splendide, que nous avons finalement réussi à quitter Behlendorf.

M. Grass nous a proposé, en raison de l'heure avancée, de passer la nuit chez lui. Mais Volker tenait à repartir, alors qu'il était déjà plus de 23 heures. Nous avons littéralement pris la fuite.

Quelle catastrophe, quelle journée terrible.

Pendant tout le trajet de retour en pleine nuit, Volker est resté taciturne et morose. Il savait évidemment qu'il allait devoir me virer dans les prochaines semaines. Nous avons pissé côte à côte dans deux urinoirs de toilettes d'autoroute sombres et abandonnées.

Alors que nous en ressortions, deux jeunes auto-stoppeurs nous ont abordés pour nous demander si nous pouvions les emmener à Berlin.

Volker s'est contenté de grogner.

Dans la voiture, je leur ai demandé ce qu'ils faisaient, et il s'est avéré qu'ils étudiaient le cinéma à la SFOF de Berlin.

— Mon Dieu, vous ne voulez quand même pas faire des films ? a lancé Volker.

— Si, enfin, pas des films allemands, a répondu le plus mince des deux.

— Les films allemands, c'est de la merde, a renchéri l'autre.

Volker a gardé un silence plein de haine.

Je n'arrivais pas à croire que des étudiants en cinéma ne se rendent pas compte que leur chauffeur était le réalisateur oscarisé Volker Schlöndorff.

Au bout d'un moment, le mince a demandé :

— Et vous, vous travaillez dans quoi ?

— Oh, a répondu Volker, on est ingénieurs en bâtiment.

Il est vrai que cette longue histoire nous emmène loin du roman *Danse sur des débris*. Et en même temps, elle nous y amène.

Car la visite chez M. Grass ici relatée a été le début de la fin de ma carrière de scénariste, le début du début de mon parcours de réalisateur et le début de la fin du *Tambour*.

Comme on le sait, la deuxième partie du roman n'a jamais été adaptée au cinéma et a disparu au nirvana des millions de projets fébrilement rêvés qui attendront le Jugement dernier pour être ressuscités. Au fond, mon projet de scénario était mauvais, je m'en rends compte aujourd'hui. Et Günter Grass, qui a lui-même fait une tentative, n'a pas eu plus de succès. À l'automne 2000, le projet était enterré.

Volker était au trente-sixième dessous. Par la suite, il n'a plus jamais reparlé de cet épisode, pas même dans ses Mémoires (traduits en français sous le titre *Tambour battant*, un livre génial et formidablement écrit sur l'art de faire des films qui n'épargne pas l'autobiographe). Peut-être qu'il le trouvait sans intérêt. Peut-être que c'était un mauvais souvenir. Ou peut-être qu'il l'a complètement oublié.

Mais il y a vingt ans, il y a une chose qu'il n'a pas oublié de faire : m'épauler en plein échafaud. Se faire renvoyer par les producteurs était synonyme de mise à mort, à la fois pour moi et pour les trois petites bouches que j'avais à nourrir.

Il m'a aidé par le truchement d'une bourse importante. En plaidant en ma faveur, il m'a également permis de toucher mes honoraires malgré le naufrage du projet sans que le moindre sourcilleur ne sourcille, chose on ne peut plus inhabituelle dans le milieu du cinéma. J'ai rarement rencontré quelqu'un qui, dans une situation professionnelle délicate, possédait autant de décence personnelle que Volker Schlöndorff.

Quand, nécessité faisant loi, gavé par les subsides princiers du *Tambour*, je me suis lancé sur mon temps soudain libre dans l'écriture de *Danse sur des débris*, Volker m'a encouragé à poursuivre. Le résultat a été à son goût. C'est pourquoi il a envoyé à ma maison d'édition de l'époque une phrase que nous avons utilisée pour la promotion et qui résume flatteusement ce que *Danse sur des débris* peut être pour les gens bien intentionnés à son égard :

« Un livre aux sentiments d'une fougue adolescente, avec la cadence d'une histoire qui va tout droit vers le meurtre, frôlant le précipice de la folie et pourtant d'une lancinante tristesse, celle de la recherche désespérée du grand amour et de l'inéluctable adieu à la jeunesse. »

Je me suis senti touché par ces mots, ou, du moins, disons que la vision volcanique de la vie dans laquelle j'avais été projeté à l'époque et qui m'avait poussé à écrire mon histoire avait été décrite par cette phrase comme si quelqu'un avait passé des semaines à regarder mon cœur battre à contretemps. Et peut-être était-ce le cas.

J'ai vite perdu Volker de vue, et le fait qu'il ait certes aimé mon roman, mais pas le film du même nom réalisé par mes soins, nous a éloignés l'un de l'autre. Je ne l'ai pas vu depuis dix ans. Ce sont des choses qui arrivent.

Mais en définitive, c'est à l'échec de son grand projet – qui a été pour moi une aubaine financière – que *Danse sur des débris* doit d'avoir vu le jour. Cela n'étonnera donc personne qu'à cet endroit et en cette occasion, je souhaite remercier de tout cœur Volker Schlöndorff pour notre rencontre intense, généreuse, qui, malgré tout le chagrin dans lequel nous nous sommes séparés l'un de l'autre, produit encore aujourd'hui ses effets méditatifs et sans laquelle ce livre n'aurait pas existé.

Une deuxième accoucheuse a été la grande Leonie Ossowski qui nous a quittés l'an dernier et à qui, durant les terribles semaines de la mort du *Tambour*, j'ai fait part de mon idée d'écrire l'histoire d'une famille qui avait déraillé. C'était un ange gardien à l'ancienne. Après avoir jugé avec sévérité la prolifération de métaphores chez son disciple, elle a aussi inlassablement que vainement contacté des maisons d'édition pour moi.

Par son intermédiaire, j'ai fini par rencontrer Uwe Heldt, un formidable agent littéraire qui est devenu mon ami et est mort bien trop tôt. Il serait heureux que ce livre qu'il a tant aimé et dont il faisait l'article sans vergogne se voie offrir une seconde vie. Qui plus est grâce à Diogenes dont l'éditeur, M. Keel premier, avait jadis trouvé ce manuscrit trop naïf, tandis que son fils, M. Keel second, en reconnaît désormais l'indispensable maturité.

Je remercie la dynastie Keel pour son approbation finale, et je m'incline devant la passion à l'état pur de tous les autres Diogéniens et Diogéniennes, avec des remerciements particuliers à mon éditrice Silvia Zanovello, à qui je dois aussi la formidable couverture de l'édition allemande.

J'ai également une pensée pleine de gratitude pour Joachim Unseld qui, en son temps, a été le seul éditeur capable de suivre Leonie, Uwe et Volker dans leur soutien à ce livre.

Pour finir, je souhaiterais remercier quelques mains, yeux et cerveaux pour leur aide, dont ceux de ma téméraire agente Rebekka Göpfert, ainsi que ceux de Katja Pirlich, Patricia Barona et Clara von Berlepsch.

Personne ne me soutient autant que ma femme Uta Schmidt à qui, pour ce livre aussi, je souhaite dire tellement plus qu'un simple « merci », et c'est ce que je fais, mais ailleurs.